图书 影视

合租人颂歌

[法]维尔吉妮·格里马尔蒂 著

赵可儿 译

目录
contents

/

前言
01

九月
001

十月
029

十一月
061

十二月
085

一月
129

二月
167

尾声
207

致谢
211

中外文名对照表
215

亲爱的读者朋友们，欢迎来到让娜、伊丽丝和迪欧的家。
希望能为你们带来宾至如归之感，
感谢品读！
爱你们的
维尔吉妮·格里马尔蒂

致塞雷娜、苏菲和辛西娅
我生命中的不可或缺

"万物皆有裂痕，
那是光照进来的地方。"
　　——莱昂纳德·科恩[①]

"不应畏惧幸福，
那是值得纵享的美好时光。"
　　——罗曼·加里[②]

[①] 莱昂纳德·科恩（Leonard Cohen，1934年9月21日—2016年11月7日），加拿大词曲作家、歌手、小说家、诗人、艺术家。早年以诗歌和小说成名文坛，后来到纽约，转型成为歌手。代表歌曲有 Hallelujah（《哈利路亚》）、Famous Blue Raincoat（《著名的蓝雨衣》）、Dance Me to the End of Love（《与我共舞至爱的尽头》）等。——译者注。本书脚注均为译者注。

[②] 罗曼·加里（Romain Gary，1914年5月21日—1980年12月2日），犹太裔法国外交家、小说家、电影导演，在第二次世界大战期间担任飞行员。他是目前为止历史上唯一一位两次获得龚古尔文学奖的作家（一次以本名获得，一次以笔名获得）。

前言

让娜

三个月前

　　天色已经大亮,让娜度过了没有睡眠的一晚。她理好发髻,戴上黑纱,颤抖的手指增加了完成这一系列动作的难度。大家担心让娜,都表示愿意陪着她,但她仍旧坚持要独自做准备。她深知此刻意义重大、刻骨铭心,值得全情投入,不能有丝毫分心。六月的暖阳透过窗户,投射到橡木地板上。整栋房子里让娜最爱这个阳光灿烂的角落。清晨将尽,太阳光线会巧妙地穿过对面的烟囱丛林,将房间的这一块染成金色。她喜欢全身沐浴其中,体味脚下的温度。有一天,皮埃尔碰巧撞到这一幕:让娜面朝窗户,闭上眼睛,展开双臂,完全淹没在阳光之中,当然,还赤裸着身体。

　　她赧然,恨不得找个地缝钻进去。皮埃尔只是宽和地笑笑:"我倒是一直想娶喜欢晒太阳的小沼狸呢。"

　　求婚的话听起来不太现实,甚至有点儿古怪疯狂。这是同居之后皮埃尔求的第四次婚了。让娜心向自由,前三次都无情地拒绝了他。然而这一次,站在满溢的阳光之中,她却折服于这个男人的奇想,只因他也愿意接受自己的异想天开。于是她说"好"。

　　客厅里的钟声敲响,让娜迟到了。她最后往镜子里看了一眼,便起身离开了公寓。

教堂离这里只有两条街远,她决定步行。一路上,众人纷纷投来诧异的目光,不停地有人回头,一个小女孩儿甚至用手机给她录像,因为她这身打扮实在奇特。让娜什么都没注意到,脑海里只萦绕着一个念头:只要一会儿,就能见到皮埃尔了。他应该已经到了,穿着让娜为他挑选的漂亮灰西装。

教堂门前的广场空空荡荡的,所有人都进去了。让娜抚了抚长裙上的褶皱,试图压制身体不自觉的颤抖。她感觉双腿很难再支撑住自身的重量,她摆出一副笑容,穿过了木门。

教堂里人满为患,长椅不够坐,在边上添了些板凳,许多人都还是站着的。所有的目光都汇聚到了让娜身上,当事人却不甚在意。她缓慢地踏上教堂大殿,目不转睛地凝视着皮埃尔。有那么一刻,让娜觉得心脏仿佛要跳出胸腔。乐队在弹奏一支她没听过的管风琴曲子,她明明定的是莱昂纳德·科恩的《哈利路亚》[①]。神父站在祭坛后面,双手交叉在身前。

右边有人示意让娜:苏珊指着第一排的一个空座位。让娜笑了笑,继续走着她的路,走向自己的爱人。

她来到他身边时,管风琴停止了演奏,全场一片寂静。让娜久久端详着皮埃尔的面容。细长的睫毛,圆润的下巴,方正的前额,这是她从未看厌的风景,叫人如何能够割舍?神父清清嗓子,葬礼即将拉开序幕。她惨然一笑,想起了五十年前,同样也是在这座教堂,莫里斯神父主持了他们的婚礼。想到这里,她撩起黑纱,靠着棺材俯身下去,最后,吻了吻丈夫的嘴唇。

---

① 莱昂纳德·科恩在 1984 年创作的歌曲,收录在其专辑 *Various Positions* 中。其歌词充满诗意,内涵丰富,曲调缓慢忧伤,加上其沧桑嗓音的低吟浅唱,演绎出了一种清淡而悠长的美。

迪欧

两个月前

我得了一辆小破车。当时我正给咖啡泡芙裹糖面,有个伙计来面包店,问能不能在这儿贴个小广告。

他对娜塔莉说:"我很急,等着用钱。"

娜塔莉回答说没门儿。她讨厌在柜台上贴小广告,老是赶走那些想要贴广告的人。我追上那家伙时,他已经走到街上去了。那哥们儿长得挺吓人的,看着不太靠谱,眼睛贼溜溜眨个不停,手掌大得跟球拍似的。但是他需要钱,我嘛,我需要一辆车。

我下了班,他就在停车场等着。听了价格我就知道不是什么好车,果然,比我估计的还要次点儿:白色的标致205,车身破破烂烂,其他硬件也差不多快报废了;引擎盖和后备厢上的"标致"都给换成了"法拉利",后窗玻璃也全是滑稽的贴纸。我说我要检查一下引擎,果不其然,引擎盖也打不开。万幸的是,车还能打火发动,这就够了。

"我给你一百欧。"我说。

"三百,没得商量。"他回答道。

"这车开不了多久了,不值三百。"

他眼睛眨得更快了,大概是在用摩斯电码威胁我。

"我说没得商量,别浪费哥们儿时间。你到底要不要?"

我又绕着车走了一圈,按了按座椅,都还挺新的。

"两百块,再加一条咖啡泡芙。我就只有这么多了,兄弟。"

他低下头,我趁机打量了一下他的大手。我马上就后悔了,因为这家伙狠狠给了我一下子,差点儿送我上了西天。

"成交。泡芙你就自己留着吧,我在减肥。"

他在汽车执照上画了几道做标记,方便警察日后检查①,我们接着签了买卖合同。他仔细地数了两遍钞票,才放进自己夹克的内袋里——我第一个月的薪水的三分之一就这么没了。临走之前,这家伙还拍了拍我,差点儿没拧断我的胳膊。我把背包扔在后座上,踩下油门,发动车子走人。

巴黎的街道总是很挤,车都堵在红绿灯路口。这是我拿到驾照后第一次开车,之前我都是坐地铁。

到明天,我就上了两个月的班了。高中老师总逼我学习,以前我没得选,现在有了职业技师证书,我挣的差不多有最低工资标准的一半。我进面包店的时候他们就告诉我,靠这个证书别指望能有长期合同。不过这一行也不缺活儿干。我有天赋,在以前住的地方,人们都喜欢吃我做的甜点,逮着机会就找我要,我也不摆架子,能做就做。我不在,想必他们应该馋这一口很久了吧。

后面有人在摁喇叭,透过后视镜,我看到一个家伙冲我大喊大叫。我转动钥匙,踩下油门,汽车噗噗熄了火。我又试,这次它在红灯亮起之前发动了起来。我往前开着,同时向后视镜里的家伙做了个文明的手势,他也礼貌地回了我个中指。

天快黑的时候我到了蒙特勒伊②,在孔多塞大街上找到了一个停车位。它正对着一座房子,房子装着蓝色的百叶窗。我抓起包,掏出在娜塔莉那儿买的三明治。这玩意儿本来她是要扔进垃圾桶的,结果两欧卖给了我。我问娜塔莉能不能明天再给钱,她就嚷嚷起来。

---

① 在法国,汽车买卖时需要在汽车行驶证上画上几道做标记,这样做是为了表明卖方已不是车辆的所有者,以后发生交通事故时,责任由买方承担,同时也可以防止车辆被二次倒卖。
② 蒙特勒伊(Montreuil)位于法兰西岛大区,是塞纳-圣但尼省的一个市镇,有地铁与巴黎相通。

这个小气鬼，我敢打赌她厕纸都要用完两面才扔。

下雨了，我试了试雨刷器，已经不灵了。这没什么，我就没想过要开这辆车。我在后座躺下来，头枕着包，身上盖着一件外套；我插上耳机，放起了"高大病体"[①]的最新单曲；我点燃今早就带在身上的烟卷，合上了眼皮。好久没有感觉这么惬意过了，今晚可以不在地铁里过夜。我花两百欧，就给了自己一个窝。

伊丽丝

一个月前

两岁的时候，我从马场的木马上摔下来。父亲没把我的安全带系紧，母亲坐在看台上，喊着接住我，喊叫声让他分了心。我摔断了手腕，要做手术，要缝针。我的母亲为此责怪我的父亲，我的父亲为此责怪我的母亲，而我为此责怪那只木马。我的第一个疤痕由此而来。

六岁那年，我和堂弟在奶奶家比赛滑布垫，为了面子，我使出了全身力气。摩西还没来，我幼小的嘴唇就自动裂成了两瓣[②]。我被送进医院，医生用胶带将我拼贴完整。我的第二个疤痕就这样诞生了。

[①] 原名法比安·玛尔索（Fabien Marsaud），生于1977年。十九岁时的一次跳水事故造成其脊椎错位，身材高大的他从此与拐杖寸步不离，因此自称"高大病体"（Grand Corps Malade）。他在2006年3月发行了首张个人专辑《十二点二十分》（*Midi 20*），这也是法国历史上首张Slam（一般兼有口语化诗歌和说唱音乐的特点）专辑。

[②] 此处用典，《圣经·出埃及记》记载，摩西带领希伯来人经过红海时，神使海水分开，露出一片干地，海水在他们的左右做了墙壁。由此，希伯来人渡海如履平地。

七岁的时候，邻居家的狗咬掉了我腿肚子上的一块肉。这是我的第三个疤痕。

十一岁，英语课上，老师叫我回答问题，恰巧一阵剧痛袭来。老师觉得我在装病，拒绝了我去医务室的请求。第二天上午，我被割除了阑尾。而我的英语老师，负罪感使然，也开始对我关照有加。这是我的第四个疤痕。

十七岁的时候，我去做针清。我脸颊上长了一个青春痘，鼓凸着的样子很难看，仿佛一个巧克力豆冒了出来。为了它，我挨了五针麻醉，留下了六个痘印。这是我的第五个疤痕。

二十二岁的一天早上，我醒来便感受到了尾椎处的巨大痛楚，以至于走路都要佝偻着腰。经过检查，医生发现这里有个脓肿，必须立马手术。麻醉不太管用，我几乎疼得快死过去，醒来望见病房的顶棚，才知道自己还没有上天堂。之后三个月，我都一直裹着厚厚的纱布，用以缓解坐下时的疼痛。这是我第六个疤痕的由来。

二十六岁时，我在沙滩上躺着晒太阳美黑。忽然一阵风吹过，旁边的人的阳伞柄砸在了我的胫骨上。对方连声道歉，邀请我共进晚餐。说实话，我宁愿和救生员约会也不想跟他吃饭。我的第七个疤痕由此而来。

三十岁时，我与杰雷米相遇。这是我的第八个疤痕。

九月 *Septembre*

让娜

让娜将蔬菜倒进炖锅,看着它们在沸水中舒展开。

五十年间,让娜和皮埃尔养成了形影不离的生活习惯。她内心满溢的悲观常促使自己先醒过来,她生来便敏感而忧伤,所有幸福快乐的时刻在她眼里都会蒙上一层朦胧的荫翳。有时,毫无原因,她会突然悲从中来,不可断绝。让娜已经习惯这样了,就像人们习惯了周遭的背景音一般。

她轻手轻脚溜下床,喝上一杯早茶,接着走进第二间房里缝补衣物,一直到皮埃尔睡醒。他们一起吃早饭,一起收拾洗漱,一起出门,然后分头工作。晚上,她下班晚一些,皮埃尔去面包店,她就负责买蔬菜。他们一起做饭,一起吃饭,一起看电影或者晚间电视节目。

三个月以来,让娜学着一点一点改掉从前的习惯。"他们"变成了"她",同样的背景,同样的时刻,但一切都沦为了空洞,甚至到最后悲伤都消失无踪了,就好像终其一生,她活着,只是为了预演所爱之人的那场葬礼。她活着,成了一具空壳。

有人敲门,布迪纳狂吠起来。邮递员站在门口,手里拿着一封挂号信。

"佩兰太太吗?麻烦签收一下。"

布迪纳狂热地在邮递员的脚面嗅来嗅去,让娜说了声抱歉。这只狗有个特点,就是喜欢学猪叫,并且能模仿得惟妙惟肖。

让娜没有拆开信封,她知道里面装着什么,跟之前两封信一样。有人才打了电话,她也没有接。负责掌管银行账户的是皮埃尔。最近几个月,家里的经济条件每况愈下。这一点让娜很了解,因为丈夫未对她隐瞒过。

让娜和皮埃尔属于中产阶级,薪水足以在 1969 年的巴黎十七区支付起一套四室的房子,维持一种体面的生活,谈不上奢侈,也算不上拮据。他们一年出去度一次假,也时常给慈善机构捐款。不过退休之后,他们的生活节奏也变慢了许多:度假多了,但鱼和肉吃得少了,皮埃尔记账理财也更加频繁了。他离世以后,让娜只能领到一笔家属抚恤金,这更是让财政状况亮起了红灯。银行顾问尽管同情这对老夫妇,但还是建议他们卖掉房子。让娜从来没考虑过这个提议,因为这不是她一个人的房子,这是他们俩的房子。皮埃尔还生活在这里,活在墙壁长年累月浸染的烟草味里,活在某个春日他漆成绿色的厨房门里,活在透过窗户让娜可以轻易分辨的那道微微弯曲的侧影里。

她把信封放进玄关的柜子,让布迪纳跳上自己的膝盖。打开电视,随便转到某个节目,什么都好,什么都比寂静要好。电视屏幕发出荧光,一个年轻男人正在带客户看房子,然后是记者采访的声音,大声播报旺季租房的价格的声音。最后一行大大的广告标语跳出来:合租——每个人的明智之选。

迪欧

  每周四，我都会被清洁车的轰隆声准时吵醒，这周也不例外。六点了，我把头钻到枕头底下去，枕头是在"不二价"商场里顺来的。那儿什么都没有，我进门时两手空空，再出来时口袋塞得几乎装不下了。但我不贪心，偷的都是便宜的东西。这也是被逼的，我第一天晚上枕着包睡，睡得脖子酸痛，头只能往左不能往右，也直不起来，只能侧着身子走，表演一段"瘸腿天鹅湖"。我对睡觉的地方不挑剔，哪里都睡得着。最糟的无非是在地铁站过夜，倒不是因为方砖硌人，而是因为害怕有人打劫。有一次，三个小混混儿抓住我，想抢我的手机，我都以为自己快完蛋了。所以说，能待在车里当然是最好的。

  我习惯早上起来上会儿网，手机里只有一条热拉尔的消息，我没看。除此之外就没人找我了，他们都把我给忘了。

  蓝色百叶窗大房子里的人还没醒，我喜欢想象他们的生活。高中老师总说我爱神游，给我起了个外号叫"思想者"。其实我不是在神游，我是在逃离，现实就是我的监狱。

  我想象着，蓝色百叶窗后面铺着机织地毯，人们的脚在上面走来走去，地毯很软，不像我窝里的破烂玩意儿。房子里点着香薰和蜡烛。背景音乐是那种很古典的，肖邦之类的。门上插着钥匙，入口摆着鞋子。矮桌上有热咖啡，咖啡还在冒热气呢。女主人就坐在沙发上，穿着睡袍，第五次读起罗曼·加里的小说。男主人边洗澡边哼歌。儿子还在睡觉，身上盖着一条厚厚的绒毯，枕头也不是偷来的。他们还养了一只宠物猫，猫正趴在小主人的肚子上呼呼大睡。天哪！这完全是圣诞贺岁电视片里的场景了。

  我努力地找个理由逼自己起床穿好衣服。每天晚上，我脱衣服然后躺下，身上盖着走的时候艾哈迈德给我的旧大衣。每半个月我会去红十字会的共助洗衣房洗衣服，用水壶里的水刷牙，午休时间跑到面包店的水槽边上洗漱。我一周洗两次澡，在市政厅的澡堂子，免费的，还能趁机刮一刮胡子。我爱干净，也讨厌自己变得臭烘烘。目前我最大的心愿，就是能每天洗上一个热水澡，就这个，再加上一个值得挂念的人。

我正睡得迷迷糊糊，忽然一道阳光照进来，差点把我晃瞎。有人一拳打在车顶上，我很快明白是警察来了。摇车窗的手柄早就没了，我只得打开车门。

"警察。麻烦出示一下证件。"

我想回答"我出剪刀"①，但不确定能不能把他逗笑。

他们两个人还算和善，让我把车开走。我两个月内违章了十二次。我之前还经常给车挪一下位置，现在看来是白费力气，根本没用。

"你不能在这儿停车。"

我跟他们解释说我没干坏事，只是想找个安静地儿待着。我每天早上都要赶 9 号线上班，每天晚上都回家睡觉，但不管用，他俩诚心想找我麻烦。

"你为什么要停在这条街上？"年轻点的那个警察问我。

我耸耸肩。他们继续询问，威胁说要没收这辆车，但我已经不再听他们说话了。因为他们身后的台阶那边，蓝色的百叶窗正缓缓拉开。

---

① 此处作者玩了一个文字游戏，法语中的"证件"（papier）也有"剪刀石头布"中的"布"的意思。

九月

伊丽丝

　　这是我看的第十二套房子,比前面的十一处都要简陋,但也一样抢手。房产中介用不着多费什么唇舌,市场供不应求,他们的工作也变得多余了起来。我们二十多个租客,在楼梯间里挤来挤去,争着想把名字写到门口"住户"那一栏里去。房子的租金高得不太友善,就算这样,有个年轻女人还表示愿意出更高的价钱。一个大胡子男人高声抱怨起来,其他人,包括我,都一声不吭,害怕中介不租了。我偷偷打量了一下自己的竞争者,试图通过衣着和神态判断出他们的工资水平。他们中赚得比我多的有几个?保守估计了一下,我认为至少有十九个。

　　我到巴黎之后变得一贫如洗,短租的房间确实要比酒店便宜,不过这样久住下去也不是办法。

　　中介把所有文件胡乱塞进包里,关上大门:"这些材料我们会仔细看的,有消息我通知你们。"

　　我下了楼梯,心里没抱什么希望,清楚这家中介是不会再联系我了。我不是全职工,没人愿意当我的担保人,而且我的租房预算也很有限。说实话,我都不知道促使自己来看房的动机是什么。我找到房子的概率比找到泽维尔·杜邦[①]的概率还小。

　　我在杂货店门口停下脚步,想着晚上要吃什么。一如既往地,今天也只有电视机屏幕陪我吃晚饭。

　　经过邻居家时,门开了。尽管我已经很小心,尽量不发出声响,但毫不夸张地说,这个男人的听觉实在过于灵敏,呼吸也沉重得像拉风箱。

[①] Xavier Dupont,法国头号通缉犯,被疑于2011年春杀害了自己的五个家人。凶案发生后,他潜逃多年,截至本书作者成书时仍未落网。

"你是?"

"我是前两天刚搬进来的,今早我们已经见过了。"

"你有什么喝的吗?"

"我家冰箱里应该还剩一点儿橙汁。"

他发出一阵洪亮的笑声:"你当我是什么,基佬吗?"

钥匙一定是落到提包的哪个角落里去了,我翻了个底朝天也没找到。我的邻居不肯就此放弃,我听到他走上前来的脚步声。

"烟呢?你有没有烟抽?"

"不好意思,我不抽烟。"

"行吧,你这婆娘可真会假正经!"他喊着,朝着楼梯间走过来。

我犹豫着要不要告诉他,"婆娘"这个词八百年前就没人用了,今天再说可是要判死刑的。不过他大概连高中都没上过,应该听不太懂。

这人还在一个劲儿地挖苦我时,我终于摸到了救命的钥匙。我把它掏出来、开锁,在男人赶到之前砰的一声关上了门。

这下不用跟他正面对峙了,我恢复了一点儿勇气,于是冲着紧闭的房门,抬头挺胸地回击他:"滚回你的山洞去吧,你这个克罗马农人[①]!"

让娜

"我算了一下账,发现情况不太乐观。"

让娜手持喷壶,洒出的水润湿了土块。尽管天气糟糕,玫瑰仍

[①] 生活于三万年前,其化石于 1868 年被发现于法国的克罗马农(Cro-Magnon)山洞中。

九月

旧不断结出新的花骨朵。秋天快到了,她从来不喜欢秋天,因为这个季节意味着好日将尽,意味着万物凋敝。但今年,让娜破天荒没有对十月的到来表示感伤。她麻木不堪地度过了整个七月和八月,没有什么想挽留夏天的意愿。皮埃尔死后,季节的更替在她眼里已经失去意义了。

"我知道你肯定会笑话我,觉得我在开玩笑,实际上我非常严肃认真。我在记账。车到山前必有路,我花了四个小时十二分钟算了一下,结果是这样的:即便把支出削减到最少,这个月还差两百欧。"

让娜从包里抽出一条手帕,擦拭着皮埃尔的墓碑,缓慢而妥帖地拂去刻字上的微尘:"致恩师""致亲爱的叔父""致我永远的爱"。最后,一如往常一般,抚摸着墓碑上他的照片,先是额头,然后是眼睛、嘴唇,让娜回忆起爱人的皮肤在指腹下的触感。柔情也好,伤痛也好,在此刻,两种感情都达到了顶峰。短暂几秒与他相伴,就足以抵消随之而来的残酷幻灭。

"虽然你会幸灾乐祸,不过我承认你说得有道理,我们应该多存点钱的。好吧,这么看来你确实比我有远见。"

让娜深知人生有限,因此总是着眼于当下,明天的事明天再考虑。皮埃尔建议多存点钱养老,让娜就表现得像听到了什么惊人的言论一样。

为这一点皮埃尔总是忧心忡忡:"如果我比你先死呢?你工资又不高,退休金更是少得可怜,到时候你怎么办?"

她毫不留情地反驳:"别杞人忧天了。提醒一下,我比你还大三个月呢。"

让娜把手帕叠起来,走到几步外的长椅边坐下,布迪纳就蹲在脚边。风吹动垂柳,让娜觉得在墓园栽这样一棵树,大概是经过了许多考量的。

"我没想过有一天,你不在了。"她喃喃着。

让娜坐了很久,说了一切能说的,直至话题聊尽,无话可讲。这其实是丈夫的说话习惯,把所有无关紧要的细节都列出来。而自己在皮埃尔讲话的时候走神过多少次,让娜已经数不清了。让娜小时候父母教育她,非必要不开口。所以现在,在七十四岁的时候,她面对着一块石碑,讲昨晚看的节目里说糖吃多了有什么危害。她甚至可以挨个背出电话簿上的数字,只为找个借口多留一会儿。让娜最怀念的就是和皮埃尔聊天,跟他倾吐自己的想法,讨论各种各样的社会议题。没有谁比皮埃尔更了解她、更懂她。他能预判她的反应,猜准她的心情。当电影里出现某个打动人心的情节——通常是新生儿诞生,让娜便可以用余光看到,皮埃尔转头观察她。他会用手摸摸她的腿,告诉她:我都明白的,我在这里。皮埃尔是这样一个人,叫让娜怎么舍得失去?

天色渐晚,她从长椅上起身,紧走几步来到丈夫身旁,把手覆盖在照片上。

"亲爱的,我明天再来。钱的事总有办法的。"

走到楼下让娜检查了信箱,发现有一封新的信。回到家,她把信封打开,里面是一张打印稿,白纸黑字的印刷体。

1980 年冬

皮埃尔没能缓解让娜心中的悲伤。她那年三十七岁,成了一个孤儿。母亲与癌症斗争两年,还是离世了;父亲走得更早——六十多岁的时候因心脏病去世。葬礼上,让娜和妹妹路易丝手拉着手,就像她们还是小孩儿时那样。对于让娜来说,生活还在继续,她仍旧每天早上去工作室上班,晚上回家和皮埃尔待在一起,但笑容却永远从她脸上消失了。皮埃尔穷尽所能，只为让她转换心情。他带妻子去剧院，去看电影，去度假，但她依旧消沉。一天，皮埃尔突发奇想，打算送让娜一个礼物，这礼物有四只爪子，耳朵耷拉着。礼物立马赢得了她的欢心，小狗也很黏自己的新主人。让娜决定给它起名为"腊肠"。几周以来，笑容第一次爬上了她的脸庞。

让娜感到双腿无力，心跳如鼓，跌坐在沙发上，又读了两遍。这封信件没有署名，信封上只贴着一张便签，用铅字印刷着她的名字和住址。

信的内容准确得令人称奇，让娜不禁有些担忧，谁会给她寄这样一封信？毕竟，与这个故事有关的人都已经退出了她的生活。

这封天外来信让她情难自禁，不得不在沙发上躺着休息了一会儿。读信的片刻，昨日重现，她真切地看见皮埃尔从门口走进来，怀里抱着那只小狗。他加班回来晚了，让娜很担心。父母的死让她变得脆弱，仿佛珍视的一切随时都可能从眼前消失。皮埃尔一言未发，似乎理解她患得患失的心情。他弯腰将小狗"腊肠"放到地上。它摇着尾巴，爪子在地板上刨来刨去，四处乱嗅。"腊肠"的可爱打破了她的缄默和消沉。皮埃尔说："有个客户最近要离开一阵子，家里的小狗需要人照顾，我就把它要来了。你手里还剩什么吃的？来喂喂它吧。"这是自父母去世以来，让娜少有的幸福时刻之一。

迪欧

我注册了一个 Tinder 账号，自己也不知道想干什么。我说过绝对不用交友网站，毕竟爱情这玩意儿不太可信，但其实在心里，我还是希望有人可以证明我错了。

我躺在车里，望着顶棚发呆，又开始想事情：我们为什么存在？人反正会死，那又为什么要活着呢？我为什么不出生在另一个家庭？关冰箱门的时候，里面的灯会跟着灭吗？平时我已经够孤独了，但我今天感受到的孤独更厉害一些。

娜塔莉在店里成天都听"怀旧电台"①，这广播也确实怀旧，放的都是死人唱的歌，唱着活着真好。今天下午的广播提到了交友网站，接了好多听众的电话，都是说自己找到了真爱的。八成就是因为这个，今晚又一次感到孤独的时候，我才注册了这个账号。

我上传了仅有的一张照片。我很喜欢这张照片，在里面我背对镜头，看着夕阳。照片是玛农拍的，那时候我们才到塞尼奥斯，两个人从公交车上跳下来，朝着海滩狂奔。那是我第一次看到海。

填完了基本信息，系统自动给我推荐了许多女孩儿的照片。一开始我觉得挺搞笑的，有人传了自己大笑的照片，也有做运动的；有人笑得很腼腆，有人故作忧郁；有人和宠物猫一起入镜，有人上传的全是和闺蜜一起的照片。我来了兴趣，顺手给一些照片点了赞。有些人我一看就乐，比如这位"玛丽"，每一张照片的姿势和表情都一模一样。真吓人，就像一键抠图，只是换了一下背景和衣服而已。再比如这个"珍妮65"，醉得都倒在沙发上了，还要继续喝，跟"波趣和沙发"②的广告一样。其他的就没什么意思了。我感觉像在刷什么服装网站，要买一顶很潮的鸭舌帽一样。可能因为我长得不帅，也知道外貌不代表一切；也可能因为我还没忘记玛农，总之我开始

---

① Radio Nostalgie，法国的一家电台，主要播放 20 世纪 80 年代的音乐。
② Pochtronne et Sofa，法国一个沙发品牌的经典广告。广告中一名女性手握酒瓶，烂醉如泥地倒在沙发上，用以展示产品的舒适性。

九月

感觉到不自在起来。想到屏幕那头还有很多寂寞的人,我也觉得更加寂寞了。我正要退出界面时,一条消息冒了出来:配对成功。有个我点赞了的女孩儿也回赞了我。

出于好奇,我打开了聊天窗。她的网名叫"贝拉",资料显示十九岁,头像是一双踩在沙滩上的脚丫子。消息提示我俩可以聊天了,我紧张地寻思起来。我之前从来没这样和人聊过,如果我俩没缘分,那第一句话随便说什么也不要紧,但万一这姑娘就是我的真爱呢?

她招呼打得比我快:"嗨,大家都叫我贝拉宝贝,但你可以叫我出去约会。"

我想笑,又打起了退堂鼓,但她没给我思考的时间:"不好意思,我是新手,这句话是在推特上抄的,我觉得很好笑。不过发出来感觉还挺无聊的。你真名就叫'火影忍者'吗,还是说只是网名?"

"这是个漫画人物。"

"我知道……看来我确实没什么幽默感。"

我忍不住笑了,作为讲冷笑话的专家,我的幽默感旁人也很难理解。我戴上兜帽,打字回复她:"我叫迪欧。"

伊丽丝

我准时在八点钟到达了博利厄太太家,推门,高声示意自己到了,就像培训的时候负责人叮嘱的那样:"你好,我是伊丽丝!"

博利厄太太的声音从客厅传来:"是你啊,小骚货?"

她显然心情不错。

我一周去她家四次,一次陪她两小时,博利厄太太的神志时常不清醒。我为她准备午饭、做家务,有时也带她去散步。下午会有另一个护工换班,一直照顾老人到晚上她女儿回来。博利厄太太不会认人,事情由此也变得简单了:我们在她嘴里都叫"小骚货"。

接着我到哈马迪先生家,他的双腿在一次车祸中失去了知觉。然后我又造访纳迪娅家,她比我略大一点儿,患有多发性硬化症[1]。

"这工作挺累人的吧?"她看着我熨烫裙子,这样询问。

"我觉得没什么好抱怨的。"

"不管怎么说还是挺辛苦的。你干这个多久了?"

我摁下熨斗开关,她的问题融化在了机器喷出的蒸汽里。我不会撒谎,从来都不会。如果实情揭晓,她还会继续探究的。纳迪娅十岁的儿子正趴在沙发上看书,我趁机转移话题:"你在看什么书啊?"

"《红与黑》。"他头也懒得抬一下。

我听出小孩儿话里的讽刺意味,于是决定逗逗他。

"等看完这本,我建议你再去读读普鲁斯特,他的小说比较通俗。但如果要读《丁丁历险记》[2]的话,你还需要多费点功夫。"

他抬起头,看着我的眼睛,眼神夹杂着一种介于怀疑和不屑之间的感情。男孩儿合上书页,起身离开了客厅,我趁机扫了一眼小说封面,还真是司汤达的《红与黑》。他母亲耸耸肩:"幸好我是亲眼看着他出生的,要不然我还以为是谁把孩子调包了呢。我像他这

---

[1] 一种中枢神经系统慢性炎性脱髓鞘性疾病,免疫系统参与其发生、发展。该疾病常累及大脑、脊髓白质、皮质下结构、脑干、小脑和视神经等。如果治疗不及时或未达到疗效,随着病情发展,最终可导致患者面临肌肉协调性丧失、视力减弱等问题。

[2] 比利时漫画家乔治·勒米(Georges Remi)所创作的漫画作品。该漫画故事以探险发现为主,拥有多种翻译版本和衍生作品,自20世纪30年代至今,一直广受青少年的喜爱。

么大的时候，还在看《五伙伴历险记》①。"

"我在他这个年纪，只想着打扮芭比娃娃，让她和她男朋友约会呢。"

纳迪娅大笑。借助拐杖，她将重心移到腿上，也离开了客厅。

我从她家出来时，天气依旧炎热。她住在十七区，离我租的房子有将近一小时的步程。道路异常拥挤，正是下班的高峰期，人们多少带着点开心的意味。法国大概有一千万独居人口，我打量着周遭的人群，想知道哪些属于孤独的那一类。有人步伐匆匆，是急于回家与亲友团聚吗？有的拖着步子，是因为不想回去独自面对一盏孤灯吗？我刚花了六个小时的时间，陪着这些孤独的人，不得不说真是讽刺。我在人行道上呆立了一会儿，等到红灯变绿，便继续拖着步子，往住所走去。

让娜

让娜已经有三个月没有踏入过第二间房了，也是第一次这么长时间没做针线活儿。她拉开窗帘，让阳光照射进来。就像离开某地很久之后故地重游一样，感觉熟悉又陌生。她端详着缝纫机、锁边机、还未加工的粉笔描过的方形人造棉料子，抚摸着从母亲那里继承来的木头针线桌，以及架子上交错叠放的织物，用手掌转动线轴。这里是她的堡垒、她的秘密基地。如果在几个月前，别人问她哪间房绝对不能租出去，她会毫不犹豫地选择这间。但现在，她改变了主意。

---

① 原版名为 *The Famous Five*，是英国著名儿童文学家伊妮德·布莱顿（Enid Blyton）创作的青少年冒险故事集。该系列作品出版于1942年至1963年，曾被译为法语。

让娜披上雨衣，走了出去。

她口袋里揣着之前写好的房屋出租广告。她起草的时候十分投入，近来她的字迹变得歪歪扭扭，像遭受了风暴的摧残。这是关节病的后遗症之一，遇上下雨天，疼痛还会更加严重。她以前经常抱怨，说自己身体素质下降了、变得衰弱了，首先是视力，那时她还不到四十五岁。一天早上起来，眼前忽然一片模糊，可是头一天晚上睡觉前，她还能看清楚皮埃尔的脸。让娜吓坏了，意识到了事态的严重性，因为视力是不可能短时间下降得这么厉害的。到了急诊室，医生宽慰她：这个年纪视力突然急剧衰退也很正常。让娜一直觉得戴眼镜是对人的一种异化，但现在也只得将镜片架上鼻梁。她的眼睛已无法独立完成视物的工作了。

在那之后，无力的感觉有增无减。她安了几颗假牙，通过吃药降低胆固醇和血压，还装了一副髋关节假体，时不时佩戴矫正支架用以缓解关节疼痛。十年前，让娜的右侧胸部查出了一个肿瘤，这让小疼小病的烦心事都变得微不足道了。痊愈之后，她回到了工作岗位，逐渐重拾了之前的事务。让娜曾发誓说再也不要纠结身体点滴的衰退痕迹，但现在她坦然愉快地接受了这一切。因为这是生活重回正轨、回归风平浪静的证据。这次大抵也会如此，在一段时间的波动后，重新归于平静。但是此刻，让娜没有把心思分给关节炎和高血压。她的眼里，只剩皮埃尔走后留下的一片茫茫空白。所有微小的血管、细胞，身上的一丝一毫，都团结起来，严阵以待：悲怆随时可能发动突袭。让娜觉得心空空的，被蛀出了一个大洞。

让娜一直是果蔬店的忠实顾客，所以老板很快就答应帮她把租房广告贴上收银台。烟店掌柜同样送了一个人情，但也提醒她，很少会有人感兴趣来询问。杂货店老板让她把告示贴到柜台上，面包店的伙计则拒绝了她的请求，推辞说小广告已经贴满了。老人也没有强求，道谢过后便离开了。正当要踏进隔壁理发店的大门时，她忽然察觉有人拍了拍自己的肩膀。

迪欧

七点零三分，我掐着时间冲进店里，娜塔莉殷勤地迎接了我："又迟到了一次！"

我没答话。娜塔莉大概在学校的德育课上也总是迟到，不然也不会这么没人情味儿。比她这人还要讨厌的，就只有医生做检查捅进嗓子眼的压舌板了。如果她知道我为什么迟到，说不定就能消停一会儿。昨晚我到了蒙特勒伊，才发现我的车没了。之前我听到过警笛的声音，就把车挪了个位，但一时大意，轧了斑马线。我给警局打电话，他们告诉我车在他们那儿，可以开一张证明让我去取车。我到了警局他们又想让我交罚款，违章停车的钱、缺的汽车检查和保险费，还有轮胎磨损了更换也要钱，全都算到一块儿，就好像我家是开银行的。我说那我得去拿信用卡，然后转头就溜了。昨天晚上我又是在地铁里睡的，只眯了一两个小时吧，主要是不太睡得惯了。今早我去了警局的认领处，拿落在车里的东西。我跟一个条子说这是我的全部家当，他压根听不进去。最后，我手头只剩一部手机、一个钱包和穿的这身衣服了。

我穿上学徒制服，在冷藏室找到了菲利普，他是教我做甜点的师傅。今天早上我们要做千层酥。菲利普话不多，回答问题都是咕哝一声，或者比个手势。但只要一聊到甜点，他就两眼放光，话多得停不下来。在菲利普眼里，甜点是有生命的。我有一次撞见他在跟甜点说悄悄话，他解释说用心用爱做出来的甜点是最好的。他这个人有些倔，或许我就是因为这一点才喜欢他的。

菲利普知道我不怎么会做千层酥，老是把裱花搞砸。因为我画不了直线，就好像脑子里有两个尺子，两套标准，再怎么专注也没用。初二的时候，老师说我写字像蚂蚁爬，让我把字多抄几遍，课间不准休息。我每周三甚至都要去看心理医生，利蒂希娅医生人很好，但我搬走之后就再也没见过她。我的字确实很丑，甚至自己也看不懂写的是什么。但不要紧，毕竟人们现在很少用手写字了。即使是在烘焙培训中心，我们也都可以用电脑打字。

我用巧克力给蛋糕淋面的时候，菲利普一直盯着我，没有人说话，比我更专注的，只有"专注牌"[①]浓缩番茄汁。

"这些人怎么这么烦啊！"

娜塔莉走过来，嘴里骂骂咧咧的。我们都没问怎么了，她自己就说了：有个女的想在柜台上贴个广告。

"我们这儿是面包店还是广告栏啊？我开店是为了卖面包，不是为了当导游或者贴小广告的。她要是想把房子租出去，就应该去找房产中介！我才不……"

我还没等她抱怨完，就扔下裱花袋冲了出去。那位老太太正从橱窗前经过，我追上她，拍了拍她的肩膀。

伊丽丝

快要六点了，我的手机振动起来。搬到这儿以来，我每周六都要出门，但今天是个例外。除了上班和看房子，我外出的场所就仅

[①] 此处作者一语双关，"专注"（concentré）在法语中也有"浓郁、浓缩"的意思。

限于杂货店、面包店和洗衣店。我蜷缩在沙发里,看一部关于章鱼的纪录片,感叹自己的生活还不如一只软体动物精彩。这时收到的短信算是我一天的高光部分,足以和中午酸奶里意外多出来的草莓果粒相媲美。

"生日快乐伊丽丝,三十三岁也要身体健康!"

我母亲怕麻烦,每条生日祝福都是复制上一年的,改一下岁数便发给我。我打字回复"非常感谢,飞吻",同时也回复了电信公司的消息。这是我今天收到的两条短信,没有其他人知道我的新手机号。

纪录片里的章鱼怀孕了,我的大脑也慢慢被回忆侵占。三年前,我三十岁生日的那天,杰雷米忽然来接我下班。我很惊讶,因为他本来说要去伦敦出差两天的。那时我们在一起三个月,却幸福得像走过了白头。初次见面,我们就注定有缘,要携手共度一生。杰雷米蒙住我的眼睛,把我带到了车上。再睁开眼时,我们已经到了他家,我所有的亲友都在那里,都在大喊"生日快乐"。我的父母、弟弟、姨母、表亲,还有我的同事,甚至我永远的三人帮——玛丽、盖尔、梅乐都在场。所有重要的人都到齐了,全都是杰雷米邀请来为我庆祝生日的。大家唱歌跳舞。母亲送了我一条手链,手链是外婆留给她的。杰雷米的眼神充满爱意,他一直注视着我,这是我收到过的最好的礼物。

手机收到一条新的消息,我回过神来,发现自己的脸湿湿的,一定是因为章鱼难产死了。我以为母亲又给我发了一条短信,或者是什么流量套餐广告,但消息提醒显示,发件人是我的房东。

我从来没见过他本人,整个租房流程都是在手机应用上完成的。只用了一周时间,我在线上交了房租,之后在信箱里拿到了钥匙。我们很少联系,我只发过邮件给他。根据留下的署名来看,我的房东叫吉勒。

"您好！我要收回我的房子，您房租是给到了这周末，您可以下周一搬走。祝您生活愉快。"

我看了好几遍这条消息，仍旧看不太懂。我之前就问过房东，房子可不可以租住一段时间，他说可以，这样就不用每周收拾换新接待下一位房客了。我直起身来，编辑要回复的话。我现在身无分文，生活水平还不如一只章鱼的："吉勒，您好！收到您的消息我很吃惊，您之前说过我可以长租一段时间。我现在快要找到房子了，不过还得花上一些时间，可以再给我一点儿时间吗？"

我愣愣地盯着屏幕，不知道他会改变主意还是会坚持把我赶去睡大街。过了一个小时他才回复道："您好！我要收回我的房子，您房租是给到了这周末，您可以下周一搬走。祝您生活愉快。"

一模一样的回答，我觉得他可能没明白我的意思。我尚存一丝希望："谢谢回复，不过能不能请您通融一下，比如给我一个月的时间？我会提前把房租付清的。"

这次我立马就收到了回信："您好！我要收回我的房子，您房租是给到了这周末，您可以下周一搬走。祝您生活愉快。"

出于自尊，我尝试了最后挽留一次："或者您可以让我多留一两周，方便我找一下其他房子。我真的很需要……"

我等了几分钟，屏幕上显示对方正在输入。

"您好！我要收回我的房子，您房租是给到了这周末，您可以下周一搬走。祝您生活愉快。"

我愣住了几秒，终于明白等待自己的是什么：两天之后，我就要无家可归了。我的手指不受理智控制，自动打下了一行字："好的，吉勒，出尔反尔的东西，祝您生活愉快。"

有好一会儿，我都感觉十分无力，所有的气力都被脑子调去想该怎么办。我没有其他地方可去，在巴黎也没有熟人，除了梅乐，再说我也不想让她知道我在这里。回家就更不现实。我想起了自己三十岁的生日。我从没想过，有一天我也会落得个无亲无故、流落街头的下场。

我站起身，套上牛仔夹克和运动鞋，走下了楼梯。今天是我的生日，没有蜡烛，但我很想能有个蛋糕。

让娜

面前的年轻人穿着黑色的烘焙制服，头戴一顶厨师帽，他语速很快，还带着一股不知名地方的口音，图卢兹还是巴约讷？让娜也分不清楚，她比较了解法国西南地区的口音，因为经常和皮埃尔去那里度假。让娜用手势打断了对方："慢点儿说，小伙子，你的话我一个字都没听清。"

"我听说您要出租房屋是吗？我正好在找房子，我想问问您租金是多少？"

这个情况有点儿出乎让娜意料。她写招租广告的时候没有考虑过租金，因为觉得还要一段时间才能找到租客，因此她也就没有细想。让娜想了片刻，算了一下每个月记账的亏空，租金能抵上收支差额应该就行了。

"两百欧。"

"这房子我租了！"

让娜注视着年轻人的脸，他目光温和，和紧皱的眉毛形成了鲜明的对比，没来由地令人产生信任之情。但皮埃尔告诫过让娜，不要轻易相信外人。上一次有陌生人敲门，让娜就表现得十分谨慎。

以防万一，她抱上了一本砖头厚的书自卫。

面包店的大门吱嘎作响，一位棕色头发的年轻女人走了出来，手里拿着纸袋。她走几步就停下来，在包里翻找着什么东西。

"小伙子，你多大了？"让娜询问道。

"十八。"

"你在这儿工作吗？"

"是的，我在这家面包店当学徒。"

"我需要有人替你担保。你最近三个月的工资单还在吗？还有你现在的房东能给你写一封担保信吗？"

他犹豫了，随后点点头。让娜从包里掏出一张招租广告递给他。

"上面有我的号码，你要是找齐了所有资料，就给我打电话。"

年轻人谢过她，便打算要回去，不过又转头望着让娜，目光诚恳："太太，我真的很需要一间房歇脚。虽然不知道哪里能找到，但就算再远，远到我每天上班要穿城都没关系。我没钱整租，只要一间房就够了。我赚得也不多，但我是认真的，求您给我一个机会。"

"不好意思打扰一下，您在出租房子吗？"

让娜和年轻人循声回头，是那个才从店里出来的棕色头发女人，她正微笑着看着让娜。女人身着一件牛仔夹克，短发，眼影也有点花了，她的眼珠是绿色的。

让娜回答："是的，我有一个空房间要出租，现在在找房客。"

"我就是她要找的房客！"年轻小伙子急不可耐地补充道。

"现在还没确定。"让娜又加了一句。

年轻女人问房子在哪个街区。

让娜伸手指了指，五十米开外的地方，一栋建筑的四楼。

两个候选人同时叫出声来。

"太太，我也对您的房子很感兴趣。"女人说道，"真的。我急需一个住处，薪水也足够付租金，我为人诚实可靠，租给我您不会后悔的。"

让娜犹豫了片刻，小伙子的脸色变得难看了起来，而棕色头发女人则满眼期待地看着她。让娜左右为难，既想做到公正，又很同情女人的处境。于是她也给了后者一张广告，说文件齐了之后可以联系她。

"之后我会仔细看你们的资料的。"

年轻小伙子啐了一声："太不要脸了吧，明明我先来的。"

棕色头发女人满脸的抱歉："对不起，但我真的很需要一个住处。"

"算了，我吃亏都吃习惯了。"

他转身钻进了面包店，另一个又说了几声"不好意思"后也离开了。让娜于是转回之前拜访过的店铺，把贴的招租广告都撕了下来。

迪欧

郁闷死了。我本来打算做个假证明，老太太那边，很明显是愿意租给我的。但那娘们儿一来就全搅黄了。她工资高，我现在肯定没什么机会。看老太太的样子，她还挺信任我的，住在她家里应该挺舒服的。更妙的是，这房子就在面包店旁边，不过我从来就没摊上过什么好事。现在说什么都晚了，我乱撒气说了重话，一切都完了。他们老说我脾气大，因为这一点我还专门去看过心理医生。其中有一个觉得我过度亢奋，还有些人说这是"环境使然"。可真把我逗乐了，他们宁愿说"环境使然"也不说真话，就好像真话说出来比事实还要伤人一样。

合租人颂歌

    我第一次看心理医生时才六七岁,大家都叫他勒鲁医生。他让我画画,自己忙着玩手机。我看的第二个医生叫沃朗,人挺好的,也是真的想帮我,但我什么都不乐意跟他说。我也还记得本杰隆医生,那家伙大概是全世界最悲观的人。整个治疗期间,他不停地说这个世界病了,人类快完了,生活没有意义,反正我们最后都会死的。最后我走出咨询室时,整个人的心情可以用阿黛尔的一首歌来形容:《苦海翻沉》①。接下来给我做心理咨询的换成了梅尔尼医生,他喜欢边问问题边抽烟,也从来不梳头。他是个滑稽的人,虽然时常变脸让我猜不透,可能上一秒还笑眯眯的,下一秒就板起了脸。有一天我走进他的办公室,他正把脚往桌子上放。

    "你知道我为什么要这么坐吗?"他问我。

    "不知道。"

    "因为我屁眼上有个痔疮。"

    还有一天,我临时打电话给他,说有事去不了。那天我感冒了,嗓子哑得话都说不出来。他心情也不好,跟我说这可轮不到我做主,除非我愿意遵守安排,要不然就别打电话找他。我不知道怎么想的,忽然冲电话那头叫起来,但只发出几声干号。他听着我喊,我说我受够了他的态度,我不是傻子,他得对我放尊重点。然后梅尔尼耐心地解释了一通,让我说话不像公鸭叫了再联系他。后来这男的退休了,要不然我可能还会继续找他看病。我最后一个心理医生是法布尔。他走进会客室,然后就坐在椅子上,一只眼睛看我,一只眼睛闭起来,接着就不动了,直到会面结束。我总是要提前准备会面的时候说什么,不然就没人讲话。有几次我对他做鬼脸、竖中指,但他一动不动。只有咨询结束,他才会活过来。我从来没花过这么

---

① *Rolling in the Deep*,收录于其发行于 2011 年的专辑《21》中。该歌曲荣获了 2012 年"格莱美年度最佳歌曲奖"。

九月

多钱,却只为了看一个人睡觉。

手机在牛仔裤口袋里振动起来,我躲进厕所隔间,因为菲利普不喜欢我干活儿的时候玩手机。消息是贝拉发的,我们第一次聊天过后就互相给了手机号,然后我就把 Tinder 卸载了。她想和我交换照片,但我说还是再等等吧。不过贝拉依然给我发了一张,这让我有点意外。她长得不错,头发长长的,身材也很好。如果她跟我见面的话,一定会被吓跑。

"嗨,宝贝,我想你啦。我现在在上英语课,老师讲得好无聊。"

每次看她发的短信,我都觉得心里痒痒的。最近我老是会想到她,一天想个好几次吧。我之前发过誓,说再不会谈恋爱了,因为失恋了要走出去真挺痛苦的。我还告诉过她,我不喜欢"宝贝"这个称呼,因为我妈就这么喊我。我草草回了两句,语气不冷漠也不热情。手机揣回兜里,我摸到了之前的租房广告,决定发条短信,但手脚得麻利点,菲利普要来催了,我的信心也快没了。

"太太,之前发火的事我很抱歉。虽然我长得不太像好人,但我是个很善良的小男孩儿。我保证一定会按时交房租,绝不拖欠。我听音乐一定戴耳机,抽烟一定到室外。我还能给您做小蛋糕,这是我的拿手活儿。不过说实话,房东的担保信我确实拿不到,因为我现在睡在地铁站里,没有房东可以给我开证明。迪欧·鲁维耶敬上。"

伊丽丝

我所有的家当都装在一个旅行箱里,箱子是杰雷米送的。十二月份,一个周五的晚上,就在我三十岁生日过后不久,我们得知我父亲生病了,全家都备受打击。那天杰雷米来接我下班,当时我脑子里只有一个念头：回家窝在沙发上，吃包薯片，看点不费脑子的连续剧。但一见到他，我的疲惫又即刻消散了。杰雷米在拉罗谢尔，而我家在波尔多，有空的时候我们俩都会尽量设法见面，但其他时候只能在相思中煎熬。那天他没有送我回家，而是绕了远路，也不回答我们要去哪儿。我之前的那个男朋友从来都不会准备什么惊喜，所以那次我就没有多话，快乐地任凭杰雷米载我兜风。

直到车驶进机场的时候我才大声抗议起来："我什么行李都没带啊！"

他从后备厢里搬出一只绿色行李箱，是专门为这次旅行买的。

"我都装好了，什么都不缺。"

我们在威尼斯度了一周的假，那是与现实暂时脱轨的一个梦幻假期。仅仅两天，我便忘记了医院走廊的消毒水味，忘记了父亲虚弱的病体。我和杰雷米一起散步、做爱、吃饭，我们拍照、参观、吃饭，然后大笑、做爱、吃饭，我们不停地谈天、吃饭。

回程的飞机上，我正用杰雷米的手机打游戏，他忽然递过来一个小盒子，里面放着一把钥匙。

"我想让你搬来和我一起住。"

我的心脏剧烈地跳动起来，我好爱他。

半年后，我离开了波尔多。至少，我陪父亲走完了生命的最后一刻。

我在第四层停下来喘口气。纳迪娅公寓的电梯坏了，而我还拖着一只巨大的行李箱。我许了一个愿：希望能在练出健硕斜方肌之前爬上九楼。

我爬到五楼时，一位七十来岁的老先生蹦蹦跳跳地超了过去。他对我打了个招呼，呼吸平稳，不带大喘气的。

爬到六楼，我想还是把箱子扔下好。

七楼，我想把肺留在这里也不是不行。

爬到八楼，我开始祈祷。肺像着了火，亲爱的肺啊，原谅我这样虐待你吧，我们不是也原谅了那些烟民吗？肺啊，直接发给我们几包烟多好。阿门。

九楼，我终于敲开了纳迪娅家的门，喘得跟拉风箱一般，脸上却挂着胜利者的微笑，那种登顶乞力马扎罗山般的笑容。

纳迪娅在厨房忙着炖肉，空气里有一股李子干和杏仁酱的香味。我忽然想起了老朋友盖尔，她也很喜欢做这道菜。回忆到这里，我连忙将它强压下去。

纳迪娅瞄了一眼我的行李箱："您是要搬来我家住吗？"

"对啊，我没告诉您吗？"

她笑起来，笑得跌坐在轮椅里。

"今天身体不太行，我的腿没力气，一点儿都走不了。"她对我说。

"明天就会好的。"

我才说完，就立刻意识到了这句话的空泛。所谓安慰大概就是这样，除了掩饰说话者的无能之外，没有其他任何用处。父亲去世时，我耳边听到最多的一句话是"这就是生活"。

"说正经的，您为什么要提着一只箱子？"纳迪娅追问道。

血涌上脸庞，我讪笑两下，每次撒谎我都改不了这个习惯。我逃命似的走到储物柜那边，开始背来之前就已经想好的答案，就像三年级的时候当着全班的面背诗一样。我说下班之后要直接去找一个朋友，箱子里装的就是要还给她的衣服。

在心里，我倒真希望自己说的就是实情。我爬了九层楼到纳迪娅家，在这里做两个小时家务，但仍旧不知道今晚能去哪里过夜。

下到五楼，我停住脚步，查看了一下手机上的租房应用。我给十多个房东发过消息,但没有一个人回复我。

我在四楼又停下,看了一下其他招租的房子,又发了一些消息。之前的老先生又一蹦一跳地下楼来。

三楼,我看了看酒店的价格,又查了一遍银行账户余额,我还有下一层楼的时间可以作决定。

到了二楼,我搜到一家价格实惠的宾馆,但顾客评价说卫生条件很差,设施也很简陋。有一条评论是:"这家星级酒店唯一的星,是脏得顾客眼冒金星。"但以目前的情况,我也没资格挑三拣四,于是我预订了一间房。

下到一楼,我发了一条短信:"太太您好,我还是想重申一下,我对您的房子很感兴趣。如果不是情况特殊,我是绝对不会打断您和那位小伙子谈话的,他看起来也很需要一个落脚处。如果您还在犹豫,那我明白,您还是更倾向于选择他的。伊丽丝敬上。"

十月

十月

让娜

让娜照例准时到了墓园,赴一个不能迟到的约。今早,她去理发店修剪了一下发尾。因为头发太长,让娜只要出门就会绾上发髻。她每个季度理一次发,挑一个上弦月夜,让理发师剪掉几厘米来让头发看起来更有光泽。

二十年来一直是米蕾耶给让娜理发,她问起皮埃尔的近况,说已经很久不见他人了。这类问题总会精准地刺痛让娜,她没能说出"他死了"这种话,只是一字一句回答道:"我失去他了。"实际上,这也正是她的心中所感——失去了,失去他了。

皮埃尔墓前的长椅有人坐了。那是一位妇人,背挺得很直,双目放空。让娜同她打招呼,没得到回应。不过她并不气恼,皮埃尔还等着她呢。让娜的手落到相片上,摸着他的脸。她弯腰凑到爱人耳边:"亲爱的,我到处找你。我翻了没来得及理的床铺,害怕你躲在浴室的雾气里或者窗帘后面。我照镜子的时候,遛布迪纳的时候,听到楼梯里传来脚步声的时候,把你的衬衫晾到衣架上的时候,都在想你会不会突然出现。我看你最爱的电视节目,听你爱听的歌。每当有人说话,我都会幻听成你的声音。吹风的时候,打雷的时候,出大太阳的时候,我都会想起你。有时我会喷一点儿你的香水,挤你没用完的牙膏,给你买清单里的东西。我给你打电话,全都转到了语音信箱。我看了我们最后一次度假拍的视频,还有好多照片没整理呢。我跑到街上去找你,人行道、公园的树荫底下、咖啡馆露台、商店排队结账的队列都找了,哪儿都没有你。我听见电话响,听见有人敲门或者打开信箱的时候,都觉得是关于你的消息来了。有一次我半夜醒来找你,那个时候才三点。我还在七点三十四分找过你,中午也是,下午五点,五点十七分,晚上九点零六分,每次我都要看下时间。有时我感觉你靠在我的背上,抚摸着我的脖子。你还会握住我的手,捏我肚子。我到处找你,找了好多地方,就是找不到。这个时候我才反应过来,原来我把你弄丢了。"

她擦了一把脸,长椅上的妇人已经走了。让娜把墓前的枯枝败叶清理了一番,给花浇了点水,将墓碑擦过,也坐了下来。

"我之前保证过会解决房子的问题,我说到做到。不知道是不是你给的灵感,但我仔细思考过,发现自己也没得选。我把第二间房租出去了,毕竟现在也没什么做针线活儿的心思。所有缝纫的东西都搬到地下室了。维克多帮我在空房间安了一张床、一个衣柜。房客叫伊丽丝,她是个护工,看起来挺可靠的。她今天晚上就搬进来。"

让娜打住了话头,看着眼前沉默的丈夫,又继续说:"我有点儿激动,因为我只和你一起住过。维克多说出租房子是件好事,这样我就不会那么孤单了。其实我并不孤单,我只是感觉少了你。"

让娜又顿了一下,把眼泪咽了回去。略微斟酌之后,她开始说起从米蕾耶那里听来的家长里短。跟她差不多,皮埃尔也是很八卦的。他去理发店更频繁,每次回来,都要跟让娜讲听到的邻里花边新闻。这已经成了一种习惯。他讲米诺太太的新情人、施密特先生的绯闻,还有利龙家的孩子们有多淘气,两个人总要缺德地笑上半天。

天已擦黑,让娜对丈夫说明天还会来后,便起身离开了。她系上围巾,牵好布迪纳的绳子,往出口走去,身影佝偻得比往日更低。

负罪感沉甸甸地压在心头,让娜清楚,这是因为自己没有跟皮埃尔坦白全部。

信箱里躺着一封新的信。让娜匆忙赶回家,还没脱下雨衣,便迫不及待拆开了信封。

> 1993年春
>
> 让娜在影院看完《人鬼情未了》,就去理发店剪了一个黛米·摩尔①式的短发。她犹豫了好几个星期,最后狠了狠心,告诉自己头发会再长出来的。让娜没告诉丈夫,想给他一个惊喜。皮埃尔只见过她长发的样子。让娜很少去理发店,并不热衷尝试新的发型。她随便找了一家,负责给她剪头发的理发师说,黛米·摩尔头是今年最流行的样式,自己已经给好几个人剪过了,很有经验。回家路上,让娜脚步轻快,觉得自己就是黛米·摩尔本人,进门的时候皮埃尔正好在家。她仿佛突然回到了青春期,马上要献出初吻,心情半是期待半是担忧。皮埃尔吓了一跳,愣愣地盯着她,一会儿让她转过身来,一会儿又要拧亮灯仔细看看。最后他夸她漂亮极了,这个发型衬得她下巴越发秀气,鼻梁也显得更高挺了。"你知道你这发型让我想到谁吗?"让娜大喜,他猜出她在模仿黛米·摩尔了,她很确定,但还是装作不清楚的样子,摇了摇头。皮埃尔笑意盈盈,一句绝妙的赞美涌到嘴边:"像米雷耶·马蒂厄②。"

---

① Demi Moore,美国女演员。爱情奇幻电影《人鬼情未了》的女主角,凭借该片,她于1991年荣获了"土星奖最佳女主角奖"。

② Mireille Mathieu,法国著名歌手,生于1947年,以短发形象为人熟知。曾翻唱法国国歌《马赛曲》。

让娜已经忘记这件事了，现在回想起来，不禁扑哧一下笑出声，方才意识到自己还是站着的，老迈的腿几乎快要散架。这封信所激起的情感风暴比前一封还要强烈。她期待第二封信被投递到信箱里，又是那么惧怕它的到来。让娜没有寄信人的任何线索，不过当下而言这并不重要。重要的是，在刚刚过去的几秒钟里，她得以重温了那些遗失的岁月。

迪欧

我简直不敢相信！老太太给我打电话，说我可以租她房子，我差点以为她找错人了。我上一次运气这么好，还是在"猎人之家"组织的乐透活动上，两三年前吧。我、玛农、艾哈迈德，还有热拉尔（这名字有点年代感的），我们四个正闲逛着呢，经过活动室时，看到一群人在钻研彩票上的数字，那架势比玩"找不同"都要认真。我们看得有点儿心痒痒。四个人合买了一张彩票，花了不少钱。那是最后一轮，赌注也最大，我们只差一个号码"63"就能中奖了。旁边有个女的紧盯着开奖台，希望开出一个号码"31"。她手里还有好几张彩票和筹码，用一块磁铁吸在一起防止弄丢。虽说我们肚子里没什么墨水儿，但中彩票这件事儿也不需要文化。最后一个数字出来了，正好是我们要的"63"。我们四个乐得蹦了起来，高兴得跟世界杯夺冠了似的。我们四处撒欢，逮着人就拥抱，但知道奖品之后很快就冷静了下来。那主办方，最后让我们带了一头猪回去，一头活的猪！一想到这个我就笑得快岔气。这头猪后来成了福利院的吉祥物，我们管它叫"火腿肠原料"。回想起以前的事，有时我也会想到这头猪。不过我总是努力不去回忆过去，因为我妈说过，脆弱的人才会流眼泪。

我摁了摁对讲机上的铃,大门开了,里面立着一个住户信箱,再后面就是一个小院子,院里种着花草,还放了一个垃圾桶。我不太清楚路怎么走,有个伙计从底楼探出头,说可以给我指路,但我甚至都不知道自己的房东叫什么。

"我找一位老太太,她头上扎一个发髻。"

他拉上窗户,从一扇红色的门里走了出来,怀里还抱着一只猫。他出来得好快,就像会瞬移一样。这哥们儿说自己叫维克多·朱利亚诺,是公寓的门房。他好像早就知道我要来。

"佩兰太太住四楼,楼梯在这儿。"

他给我指了路,我道过谢就想走,但手臂被他一把抓住了。

"她是个很和善的老太太。"

"好的。"

他还不松手:"别对她做什么坏事。"

"啊?您是叫我别趁睡觉的时候勒死她,然后吃掉她的脑袋吗?那真太遗憾了。"

维克多放开我,往后退了一步。我觉得有必要解释一下这是个玩笑,而且我也不喜欢吃脑花。他讪笑一声,说自己听得懂。我也装作相信了,即使他看我就像小鸡见了黄鼠狼。我到四楼的时候老太太来开了门,她叫我先等一会儿,然后拿出了两块布摆在我脚边。

"现在你可以进来了。"

我直接一脚跨过那两个玩意儿走进门来,她拦住我:"把鞋套穿上!"

"什么?"

她指了指那两块布,解释说那是鞋套,为了保护地板用的。

"你可以直接把鞋套套上,或者把鞋脱了。这地板是原木的,磨

合租人颂歌

损得很快,需要养护。你没带包吗?"

我摇了摇头,脚丫子顺从地钻进这两块布里,然后一步一滑,跟着她走进了我的新房间。从今天开始,大家可以叫我花滑王子迪欧。

房间很小,采光一般,但也说得过去,里面放着单人床和衣柜,还有一张桌子和一块白色地毯。我滑到窗户边上,窗户正对着院子。

"你自己先收拾收拾,等会儿我带你看一下其他地方。"她说着便关上门离开了。

终于清净了,我蹬掉运动鞋,躺倒在床上,忍不住想笑,这副样子一定很傻。但如果今天都不开心,还要等到哪天呢?真不敢相信,我有个窝了。如果房间再大点儿,我一定要在这儿来一个勾手跳①。我之前一直以为,房子会租给来面包店插嘴的那娘们儿。现在她一定郁闷死了,不过这都是命。她一点儿同情心都没有,还想插我队,我自然也不会可怜她。

我掏出手机,想告诉兄弟们这个好消息,但最后又打消了这个念头。我走以后就没联系过他们。他们都留着没删,我也没想去嘲笑他们。我还是给贝拉发条短信吧,她从昨天开始就没跟我说话了。平时我们一有时间就会联系对方。她晚上经常觉得无聊。她爸生病了需要照顾,她得写历史和美术作业,还要在餐厅当服务员。我们有很多共同点。贝拉跟我说一些从来没告诉过别人的事,所以我也给她讲自己的秘密。我觉得她是真的懂我。她要我的照片要了好久,昨天我终于发了一张过去。我很紧张,害怕她觉得我是丑八怪。但是她发来"我好爱你",我想着,心里说不出的感觉。别人没怎么跟我这么说过。连面都没见就可以喜欢一个人吗?我不知道。

---

① 勾手跳,又称路兹跳,是花样滑冰运动六种跳跃中的一种,技术难度较高。

十月

"嗨,贝拉,最近怎么样?猜猜我现在在哪儿?么么。"我摁下发送键,听到公寓的门铃响了起来,接着是两个人说话的声音。我打开门,把头伸了出去。有个女的正在套鞋套,她抬起头,我马上认出来了:面包店门口插嘴的娘们儿,她还带着个行李箱。

伊丽丝

这种鞋套我只在小时候见过。每次去外婆家,她要是才拖完地都会叫我们穿上。我和表哥总是要比谁能溜得更远,他比我大两岁,胜券在握,自信满满。我那时胜负心相当重,也不甘示弱,拼尽全力,结果有次一头撞上了墙角,撞得嘴唇开裂,最后去医院缝合才好。地板才抛光过就溅上了血渍,因为这件事,外婆决定惩罚我,不准我看《多萝西俱乐部》[①]。

我抬起头,正对上面包店打工的那个小伙子的目光。我对他笑笑,回应我的是房门关上的砰响。

"我决定让你们两个都租,恰好也有两间空房。来,我带你看看你的。对了,我叫让娜。"

我跟着她来到走廊的尽头。房间不是很大,但必需品一应俱全,还有一床厚厚的棉被,我顿时想钻进去。让娜让我一个人收拾一下,说十分钟之后再详细讨论合租的事。我只花了两分钟就搬出了全部家当,之前着急走,没来得及带什么东西,只有几天的换洗衣物。未来的事尚且不明朗,我只想好好洗个热水澡。我在之前那个小旅馆住了五天,每次洗澡都只有一道微弱的水流,并且水还不热。我

---

① *Club Dorothée*,法国电视节目,受众主要是青少年。

扫视了一遍窗帘,是白色手工钩织的,墙纸上绘着云彩。有一天,我回到这里会感觉像回到家吗?我不清楚。但这是离开拉罗谢尔以来,我第一次真正安顿下来。我打算走一步看一步,不知道明天有什么在等着自己。即便过段时间我不得不搬走,但有一个落脚处已经是幸事。

我估计大概到了客厅,便推开门,随即便遭到一只猛兽的袭击。我尖叫一声,蹦上了最近的沙发,陷在绿色鹅绒垫里瑟瑟发抖。让娜和那个小伙子则在一旁目瞪口呆。

"别怕宝贝,布迪纳只是想和你玩玩。"

"我不知道您有只这么大的牧羊犬。"

年轻男孩儿轻笑一声:"明明是斗牛犬,但这么壮的斗牛犬我也是第一次见。"

"布迪纳才不是斗牛犬!"让娜喊着纠正我们,把狗抱起来,"它是一只腊肠犬!过来,布迪纳小可爱,别听他们瞎说。"

在我七岁那年,邻居养的狗跑进了我家花园。在那只土狗眼里,我的小腿肚子大概有烤鸡那么美味,不然它也不会直接一口就咬了上来。我尝试摆脱掉狗嘴,疯狂甩着自己的腿,但显然没什么用,那狗仍抵死不肯松口。我发出几声哀号,父亲很快插手进来,把狗和我分开了。我缝了好几针,从此之后就变得十分怕狗,不管它们的体型如何。杰雷米说他想养一条拉布拉多的时候,我感到十分恐慌。我对犬类的恐惧是根深蒂固的。

我下了沙发,双腿发软,挪到了木质餐桌旁。年轻男孩儿指了指沙发对我说:"你丢了东西。"

我揉了揉眼睛,什么都没有,走近点儿翻了翻垫子,也还是没有。

"我没看到丢了什么。"

他一本正经地回答我:"脸。"

我们的合租生活就这样"愉快"地开始了。

让娜

皮埃尔走后,让娜养成了早睡的习惯。她也曾想要保持原样,但失去了皮埃尔,有些习惯也就没有意义了。从前,他们看完电影会讨论剧情,交流彼此的感受,有时看到熟悉的情节,也会一同回忆往昔。让娜现在没法看完一部电影,电视和书籍也无法再吸引她的注意,精神只是单纯游走在这些东西的表面。现在她只看得进去一本书,一本名为皮埃尔的书。

房客们搬进来的那天晚上,让娜睡得比平日更早。她被一个奇怪的念头缠住,试图通过睡眠来驱散它。几周以来,床成了让娜的避风港。睡不着的时候,她就服用医生开的安眠药。只有这样,让娜才能暂时缓解一下悲伤的情绪;也只有这样,让娜才能喘上一口气,翌日起床,继续面对现实的纷扰。

"这里已经不是家了",让娜整晚脑子里只有这一个想法。陌生人坐到了餐桌旁边,尽管他们都很可爱。她的房子,以及房子所代表的东西,都变得面目全非。她迫于经济压力仓促地作了决定,却未曾料到这样做的后果。在她真正意识到生活会发生什么改变之前,改变就已经降临。这些人会用皮埃尔的杯子喝水,睡在皮埃尔用过的枕头上,触碰皮埃尔触碰过的门把手。那个年轻女人跳上的沙发,皮埃尔也曾安稳地坐在上面。

让娜伸手摸了摸身边的布迪纳,小狗窝在床上,尾巴摇来摆去,那是皮埃尔躺过的位置。她已经不能回头了,协议已经签好了。男孩儿对她千恩万谢；伊丽丝在协议上签名的时候，眼里也噙满了泪水。接着，为了合租生活的和谐，他们还拟订了一份《合租守则》。三个人都是第一次合租，每个人都提出了自己的意见，然后投票表决。最后守则出炉，规定最好不要带人来访；家务轮流做，但顺序待定；用过的地方要及时清扫整理；禁止发出噪声；房间属于私人领域，未经允许禁止入内；冰箱和橱柜都是公用的；吃饭不必一起；房租每月五日缴纳；睡觉时间段不得发出噪声。守则的内容可以更新，但原则上就是以上这些。

讨论结束后，让娜问他们俩要不要一起吃饭。迪欧说自己离店前吃了一个三明治，就先回房间了；伊丽丝接受了这个邀请，她们喝了南瓜粥，还吃了一份洛林火腿馅饼。这些菜都是让娜怕租客们没时间买吃的，提前就做好的。两个人闲聊了几句，年轻女人便起身回房了，起身前她提了一个特殊的要求：麻烦不要在大楼门口的对讲机上写她的名字。老人感到一丝不解，但仍然同意了。

让娜睡着了，陷入了没有梦的沉沉睡眠里。凌晨三点，她被一阵动静吵醒，便趿上拖鞋披上了睡衣，悄悄打开房门来到走廊上。奇怪的声音更响了，让娜走近几步，避免发出什么声响，把耳朵贴在第三间房的门上。现在，声音的来源已然十分清楚：伊丽丝在哭。

迪欧

我上班早到了，娜塔莉的眼珠子瞪得都快掉出来了。只花了四分钟，我就从家到了面包店。

家，我好久没说过这个字眼了。第一次有家的时候我才五岁，我记不太清那时的事。印象里只有自己捏紧拳头，手心都被指甲抓痛了；还有人们想把我带走时，我妈疯子一样的叫声。我记得一个叫杰森的小子，他拿脚踹我，只因为他跟我问好，我没应声。我还记得我的小书包上画着的考拉头像。

我昨天签了协议，人生第一次租了房子。我感觉自己是个大人了。总有一天我也会买一套自己的房子。我没什么志向，有了梦想也只会搞砸。只有这个关于房子的，我坚信会成真。我要掏出钥匙开门，打开我的冰箱，坐在我的沙发上；我要听我的音乐，享受我的生活。等拿到职业技师证书，我就要去高档餐厅工作。人们都来这儿吃饭，我想看到他们吃我做的甜点时脸上露出的笑容。我做吃的最喜欢的就是这个，就想看到人们高兴。

我到冷藏室找菲利普，他身边还有个女孩儿。菲利普说女孩儿叫蕾拉，来接娜塔莉销售员的班。我一点儿也不知道这件事，不过我们面包店就是这样，没什么好交流的，都是老板一个人说了算。菲利普让我去做玻璃杯小蛋糕，自己则留下来培训新来的蕾拉。手机铃开始响个不停，我躲到厕所里。是贝拉在给我发消息。

"迪欧，能帮帮我吗？"

"迪欧，我有急事！"

"我这里现在一团糟！！！"

我担心起她，马上打了电话过去，我还没听过她的声音呢。屏幕显示正在拨号中，我又收到一条短信："我现在接不了，我在医院！"

我挂了电话，打字问她怎么了。

"我爸发病了，他突然晕过去了，我害怕……"

贝拉常常跟我提起她爸，她妈两年前就死了，留下他们父女。她常说如果她爸也走了，这日子就真没什么盼头了。

"能帮帮我吗？迪欧。"

"我现在去医院？"

有人敲了敲厕所的门，八成是菲利普。我该出去了，但贝拉又给我发了一条消息："不，现在别来。我的银行卡今早被偷了，我爸做手术要两百欧的押金，你能给我买一张 PCS 卡的息票①吗？"

心忽然开始抽痛，我问什么是 PCS 卡息票，但她会回答什么，我心里门儿清。

"你找家烟草零售店，买一张两百欧的息票，他们会给你一串号码，然后你把这个号码告诉我就行了。"

"成，我这就去。"

菲利普重重地敲起了门，过了老半天，我身子才不发抖。杀猪盘听说了那么多，我怎么会落到这种上当受骗的地步。我是蠢货。别人随随便便说句喜欢我、爱我，我就给冲昏了头脑。这个算我的缺点，也是因为这一点，玛农才甩了我：我太善良了。刚认识的时候我满嘴脏话，成天打打杀杀，她就喜欢；后来我给她写诗、送花儿，她骂我的时候我还跟她讲道理，她就不爱我了。人走了还不算，还要带走一块儿我碎了的心。

有人在大声敲门，我走出来，菲利普抄着手站在门口："真可惜你蹲坑拉的不是石油，不然你就成百万富翁了。"

蕾拉捂住嘴偷笑，娜塔莉的大笑声在这里都听得到。我绕过他们回去干活儿，一句话也没说。讨厌他们所有人。

---

① PCS Master Card，一种可充值的预付卡，它不与任何类型的银行账户相关联，可以在烟草店等销售点购得，无须注册也无须提供任何类型的文件，类似于预付费移动电话的购买，也是法国常见的电信诈骗所用的手段。

十月

伊丽丝

"是你吗,小骚货?"

"对,我来了!"

见到我,博利厄太太很高兴。自从之前她跟我说喜欢玩拼字游戏[①],我们就每天都在一起玩。但鉴于她的认知障碍,游戏规则也被简化了很多:我们想拼什么字就拼什么字,字想放在哪里就放在哪里。她有时会问我某个法语中不存在的词是什么意思,我就设法给出一个回答。

我忙于家务时她就在一旁看着。刚开始我以为她在监督我干活儿,但后来才意识到,对于她来说,我其实是在进行一场表演,我像手持鸡毛掸子的芭蕾舞演员。博利厄太太对自己内衣的数量有着病态的偏执,每隔几分钟就要问一次她的内衣是不是足量的。我每次都安慰她说:内裤叠得整整齐齐的,放在衣柜架子的第四层。她点点头,放下心来,三分钟之后又开始了新一轮询问。有几次她女儿在家,跟我讲她母亲曾经多么强悍生猛,病痛又是如何把她变成现在这样的。"她参加过女权游行、离过婚、自己创业,同时还领导着三十多个人。她是个了不起的女人,我看不得她现在这样。"

有时博利厄太太灵台也会暂时清明一下,比如现在,格子里拼出了一个"govhnoox",她忽然盯住我的眼睛:"你喜欢自己的工作吗?"

我摇摇头,准备换个话题。但念及她的记忆持续不了几秒,于是我决定坦白:"我真正的职业其实不是护工。"

"真的吗?那你是干吗的?"

---

① Scrabble,西方流行的文字图板游戏,在一块 15×15 方格的图板上,二至四名参加者拼出单词而得分。单词以填字游戏的方式横竖列出,并必须是被收录在词典里的。

我很久没有提过这个了,甚至有点儿不确定从前的生活是否真的存在过。

"我是一名理疗师①,我们诊疗所还有其他理疗师和正骨医生。"

博利厄太太皱起了眉头:"那你为什么不继续做了?"

"因为我不能在那儿待了,我急需找到一份新工作。现在社会对护工的需求很大,而且……"

我闭上嘴,觉得自己扯得太远了,但这勾起了博利厄太太的好奇。

"而且什么?"

"而且,一直做同一份工作,风险太大了。"

她久久地看着我。我开始后悔吐露得太多,害怕她还要问下去。我把真相藏得很深,再要触及,只会鲜血淋漓。博利厄太太的眼神变得空洞起来,仿佛穿过了我,焦点不再钉在我身上,她沉入了自己的世界。这一变化很细微,但也不难注意到。过了没几分钟,她问我,"govhnoox"这个词是什么意思。

我今天下班比较早,回到住处时没有一个人在家。合租一周以来,我对其他人的生活习惯有了一定的了解:让娜晚上六点之前一般都不会露面;迪欧下班还要再晚一个小时。让娜的那只斗牛犬也不在,大概是不想吓着我,给牵走了。

我烧水,翻了两个橱柜才找到茶叶。厨房装修成了90年代的风格,白木流理台,蓝色的柜子把手。目光所及都收拾得井井有条,不过其他地方就不一定了。

抽屉里一团乱,餐具胡乱扔在一处。空桶里装着米面,我找到了一袋年纪比我还大的面粉。面对我的惊讶,让娜辩解道:"我这是

---

① 物理治疗师,简称理疗师,是以预防、治疗及处理因疾病或伤害所带来的行动问题为目标的临床工作者。

乱中有序。"我当然没告诉她我以前也差不多，害怕她把我赶出去，重新找一个处女座室友。虽然我的工作就是为别人整理、打扫，但对自己的房间就不适用了。我是穿拖鞋的修鞋匠，吃素的屠夫，秃顶的理发师。杰雷米与我正好相反，他的东西都分门别类地收纳整齐，按照字母顺序放在盒子里。我又找到一只杯子，上面绘着威廉王子和凯特王妃的画像。我往里面倒上热水，这时电话响了起来。

"宝贝女儿，最近怎么样？"

"嗨，妈妈。"

"最近怎么样？"她又问了一遍。

那声音透露出担忧，很明显我母亲知道了。我还没来得及回答，她又说："伊丽丝，杰雷米的妈妈给我打电话了，她告诉我你消失两个月了。为什么？因为害怕结婚吗？"

让娜

让娜走进这栋建筑，心中犹疑，不知道自己做得对不对。皮埃尔是笛卡儿主义者，她则不一样，她一直迷信另一个世界的存在。因此接到这个陌生来电时，让娜理所应当地认为这是神迹。

大门黑黝黝的，刻有一行烫金小字："布鲁诺·卡夫卡　亡灵的发言人。"

玄关处布置成了一个接待室，让娜绕过花纹繁复的地毯，坐到了一把旧皮椅上。

她还是个孩子的时候，听说过发生在邻居身上的灵异事件。那个邻居和妻子约定，无论谁先去世，都会以某种方式陪伴在另一个的身边。妻子下葬的那晚，他忽然清晰地感知到她的存在，就在两人的卧室里。他敲了三下墙面，等着，几秒钟后，同样的三下敲击声回应了他。年幼的让娜对生命的意义、宿命中的死亡都充满了疑惑，还没听到这个故事的后续，就已经坚定了心中的想法：人的大限并不是终结，一定还有其他的东西等待着逝者。时光匆匆，尽管经历了几场沉痛的葬礼，灵异的事从未发生过，但让娜的怀疑从未打消。每当读到一些关于人和至亲亡灵交流的事，或者读到对一些人的濒死体验的描述时，她都会更加肯定"逝者的世界"是存在的。

或许这位卡夫卡先生是位炼金术士，能够通灵，让她希望成真。

一个男人来开了门，他是个谢顶的小个子，微笑着："佩兰女士吗？我等您很久了。"

让娜起身，尽力不让身体颤抖得过于剧烈。她今天穿着皮埃尔最喜欢的红色衬衫。

房间幽暗，窗帘都拉着，唯一的光源是各处分布的少量蜡烛。卡夫卡先生示意老妇人坐到长沙发上，自己则坐在圆桌的一边，正对着她。

"佩兰太太，我联系您是因为有个消息要说。您丈夫叫皮埃尔，是吧？"

让娜沉默着点了点头，喉头紧得发不出一丝声音。男人打开记事本，取出一支钢笔："皮埃尔不想让您担心，他现在过得很好，很舒心。"

她感到眼泪涌了出来，只得费力挤出一个问题："您看到他了吗？"

"看到了，他就站在您身边，感觉到他的手放在您肩膀上了吗？"

让娜集中精神，什么都没有。

"我感觉到了。"她回答。

"他和我提起了你们的孩子,我不知道你们育有几个,是有两个吗?"

"我们没有孩子。"

男人有些恼火:"那可能是宠物,一只猫?"

"一只小狗。"

"是的!就是这样!和亡灵交流有时也比较模糊,但是就是小狗没错。皮埃尔很高兴看到你们能相互依靠。他让您不要担心,他会一直等着您,直到你们在另一个世界相见。我能感觉到,他现在心绪很宁静。"

通灵人住了嘴,提起笔帽:"您有什么问题想问他的吗?我可以帮忙转达,之前在电话里就跟您说过,灵媒的五感是能传达亡灵的声音的。"

让娜最想知道的问题已经有了答案:有一天,她和皮埃尔会在另一个世界相见。不过她还是向传话人提出了自己的困惑。

"您是怎么知道我的电话号码的?从来没有人打过我家座机。"

"是您丈夫,他显灵时告诉了我号码,要求我联系您。还有其他问题吗?"

"我只想知道他过得好不好。"

"那您不用担心,他身体很健康,如果死人也有健不健康的概念的话。"他爆发出一声嘲弄的笑,"不好意思,我有些时候喜欢讲些冷笑话。"

让娜又待了一会儿,付了两百欧的现金,这是之前就说好的,然后她起身告辞。关于通灵可信与否,她心里也没底。男人一直送她到门口,说了一句道别的话:"皮埃尔说谢谢您,今天为他穿了这件红衬衫。"

合租人颂歌

迪欧

这是我的第一堂空手道课。我淘到了一件二手道服,每天下班之后都坐地铁赶去蒙特勒伊。今早我在厨房给让娜留了字条,说自己要晚点回去。我不知道自己为什么这么做,毕竟她也不是我们家长。不过这样也好,万一她是那种控制欲很强的人,这倒也能让她放心。有一次我回家比平时晚了半小时,结果她一直盯着猫眼观察外面的动静。可能是在关心我吧,当然也有可能是我想多了。

空手道馆里有二十多个人,男女老少都有。教练四十出头,脸和身子对不上号,但目光犀利,让人不敢直视。他声音不大,说辅音时总要拖一下,就像德国人说法语那样。我夹在一个小男孩儿和一个棕红色头发女人中间。二十几分钟热身下来,我感觉折了十年寿。我怀疑自己在参加军训:又是跑又是跳,全身都汗津津的。接着又要重复一些基础动作,教练管这叫"基洪[①]","基洪"完了又是"套路[②]"。看着挺简单的动作,实际操作起来却要命。我的四肢不听大脑使唤,身体缺乏协调性。我可以只动左手,也能两只手一起做动作,但一旦要求两边动作不一样,再加上脚,我就直接没辙了,大脑就挂机了。我试过弹吉他,那次惨烈的尝试我到现在都还没忘。这时,旁边的小孩儿好心点拨了我几下。他绿带水平,动作标准。我感觉自己受到了激励,咬咬牙又坚持了下来。

因为家里没那个条件,再加上老是搬来搬去,我其实没什么可以运动的机会。同龄人喜欢组队踢球,不过我觉得那无非为了装腔

[①] Kihon,日语术语,意思是"基础"或"基本原理"。该术语用于指代作为大多数日本武术基础而教授、实践的基本技术。
[②] Kata,日语术语,意思是"型"或"形"。该术语指按一定形式编排、有一定特点和难度的自我练习的成套动作。

作势，没太大意思。初中时我喜欢过手球，但也没加入什么俱乐部。

还有几分钟就要下课了，教练让我们自选伙伴练习。我自然转向了绿带小家伙，他接受了，说自己叫山姆，今年十岁。我试着够到他，打了几下都没打到，这小屁孩儿好好地嘲笑了我一番。我有点儿不爽，不过为了鼻子不被打歪，我还是什么都没说。不过，他嘲笑得也确实有道理。每次我一踢腿，脚下就会失去平衡。

回家的路上我无精打采。我有时就是这样，忽然就没了精神。有时事情一团糟，劳神费力，我反而士气高涨。这次我觉得是因为刚刚碰到的女人。就在地铁站台那边，那娘们儿又笑又跳，满脸幸福，像知道了什么天大的好消息一样。下一秒她又左摇右晃，对着空气撒泼，摔了个狗吃屎。那女的躺在地上，边哭边笑，烂醉如泥。那画面对我来说可太亲切了。回到家，让娜和伊丽丝在一起看电视，老的躺在沙发上，另一个蜷在椅子里。她们跟我打招呼，我溜进厨房。感觉自己快饿扁了，这次训练消耗了我不少能量。早上我给让娜留的小字条还在原地，上面添上了一句话："冰箱里还剩一点儿鸡腿和烤胡萝卜，你加热一下吃吧。"

冰箱里我的那一层几乎空了，只剩一片火腿和一丁点儿奶酪。晚饭，我常常在店里吃个三明治就完事儿了。我把菜放进微波炉，又倒了杯可乐。我想也没想就坐到了客厅，一边吃，一边和两个室友看起了电视。

伊丽丝

急诊等待室人满为患。我排了将近一个小时的号，也没有等到医生叫我，看情况还要等很久。我的伤不算严重，既没有伤口也没感到疼痛。但我现在感觉,自己离见上帝也不远了。

一切都是维克多的错,那个门房心血来潮,把楼梯打扫了一遍,直到它变得和他聪明的脑袋瓜子一样锃亮。早上七点,住户们出门上班,都要经过它(不是他)。

就是这个时候,我跟迪欧一起出门,这小子还是一如既往地欠揍。走下第一级台阶,我就意识到了不对劲——今天地面之滑,不摔上一跤是不可能的。我的双脚不听话地打滑,身体尚未收到大脑的指令,就已经自动跌落出去了。我像个一碰就碎的瓷娃娃,或者一块出了炉但过早塌陷的舒芙蕾(我个人比较青睐第一个比喻)。我想抓住迪欧这根救命稻草,结果没够着他的袖子,他甩开我的动作比甩前女友还要绝情。紧接着我就屁股着地,以一组戏剧性的慢镜头,滚下了十多级台阶。我缓慢地跌落,饶有兴致地了解着身体的每一根骨头、每一块肌肉、每一条肌腱。这次事故之后,我与尾椎骨的感情显然更加深厚了。这具身体最终到达了底层,停止了移动,我疑惑地发现自己正以一个十分扭曲的姿势躺着。这样抽象的人体造型,通常只能在杂技表演或者毕加索的画里才能看到。我似乎听见室友轻笑了一声,不过也可能是我发出的惨叫。

迪欧好歹把我扶了起来:"还好吗?哪里摔断没有?"

我检查了一下四肢,判断出没有移位,接着死死挽住身边人的胳膊,直到底楼才勉强松开。迪欧又问了我一次要不要叫急救医疗队[1]。

"我没事儿。"我向他保证。

他一消失在我的视线范围内,我就给公司打电话说我今天上不

---

[1] 一种专业医疗服务团队,为尽快将于某处受到伤害或突遇事故而面临生命危险的人士提供紧急医疗服务,并且尽快将伤者送至医院急诊室。最常见的包括救护、消防及飞行急救队等。

了班,然后我去看急诊,想检查一下是不是真的没事儿。

对面的塑料板凳上坐着一对情侣,两人正忙着用手机打字聊天。这幅场景唤醒了我的一段死去的记忆。有天晚上杰雷米看到我在玩手机游戏——用抽中的字母来造词。小时候我就经常玩拼字游戏,因此这个对我来说简直是手到擒来。几个小时过去,我还在孜孜不倦地拼单词。杰雷米问能不能加入,我兴高采烈地答应了。能和他分享爱好让我感到很幸福,何况这也可以显摆一下自己。我不断地组词,不断地得分;而他就没那么顺利了,在好几个词上都卡了壳。后来我便放慢速度,但每出现一个词,我就会情难自禁,本能地在屏幕上写下来。游戏还没宣告结束,杰雷米便一言不发地走了。我立马感受到了他的怨气,跑去卧室找他,他正躺在床上生闷气。我跳上去,学小猫喵喵地叫,企图逗他开心。我说我们再玩一局,这次我一定让着你,可回答我的只有沉默。我向杰雷米道歉,他没有回应,一动不动,沉着脸,双眼紧闭。接下来两天杰雷米都没跟我讲话,我觉得自己是个虚伪、幼稚又惹人讨厌的人。两天过后他下班回家,表现得又正常了起来,就好像什么都没发生过一样。他再也没提过这件事。但后来,我再想玩这个拼字游戏时,发现手机应用已经被卸载了。

"伊丽丝·杜安女士在吗?"

我起身走进诊疗室。医生让我脱下衣服,躺在床上,讲一下自己的病症。我说今天早上摔了一跤,担心身体会有什么问题。接着她问了一大堆问题,我抑制着不耐烦的情绪,全都回答了一遍。她给我的肚子涂上了一层耦合剂,放上了探头。仪器中传来另一个人的心跳声,呼应着我自己心脏跳动的声音。我知道,小家伙没有大碍,正在我的肚子里静静地生长。

让娜

　　现在，每天清晨，让娜要花费更多的时间起床。接下来醒着的一直到晚上这段时间，在她眼里也是异常难捱。唯有看望皮埃尔的时候，让娜才能稍微恢复生气，心肺系统短暂地正常运行几小时。其他时间里，她只是一具空壳、一副皮囊。伊丽丝和迪欧的出现没能让事情好转，反而扰乱了公寓的空虚，那种原本笼罩一切的、稳定的空虚。让娜等着他们动身去工作，才从床上爬起来。

　　今早她走出房门时，出现了一个不太愉快的小插曲：伊丽丝正立在客厅，手里捧着一杯热茶。她专心地看着碗橱上的结婚照，似乎没有察觉到让娜的靠近。

　　"今天不上班吗？"让娜问道。

　　伊丽丝吓了一跳："我负责的那位太太今早要去医院复查，哈马迪先生那边下午一点去就可以了。您要不要喝点热茶？"

　　"谢谢，不用。"

　　"不好意思，让娜，我不是有意要打探您的隐私的。不过这张照片里你们俩都太好看了。"

　　让娜感到喉咙被人捏紧了。这张相片，以及床头柜的相册里无数其他的相片，都是她再熟悉不过的。她日日夜夜地翻看，奋力记住皮埃尔的笑脸。唯有一个时刻，是她竭力试图忘记的。那个时刻让其他的瞬间都褪色了，消失了——他死的那个时刻。他死的时候，看了她一眼，这一眼夺走了所有时间、空间，成了让娜最大的梦魇。那个目光之后，再没有什么幸福回忆可言，时间停滞下来，停在了日历上的六月十五日这天。

　　那天早晨天气格外好，让娜大敞开着窗户，踩在地板上的阳光之中。老式唱片机还没退休，上面转动着雅克·布雷尔的《一对老

十月

恋人》①，这是她最爱的曲子。

> 每一件家具都记得，
> 在这个没有摇篮的房间，
> 一再暴发的风暴。
> 再没什么是原来的模样。

床上的行李箱摊开着，还没装满。马上就要去普利亚②旅行了，让娜觉得应该抓紧时间收拾。皮埃尔已经出门，他要买面包做三明治在路上吃。她恋恋不舍地走出阳光，开始挑选旅行要穿的衣服。退休以后，他们尽可能地去旅行。目的地从来不会太偏远，因为皮埃尔不愿意坐飞机——对外他称自己是出于环保考虑，而真实原因则是他难以克服恐高症。因为这一点，夫妇俩只在法国和欧洲境内做一些短途旅行。结果限制倒成了一种优势，那些美丽的新发现足以让他们兴奋不已。

> 到最后，到最后，
> 我们最好有能力，
> 能老去，却不成熟。

为了这次旅行，俩人还租了一辆野营车。之前去斯堪的纳维亚半岛时，他们就和其他野营车一起组过队，那实在是一次愉快的旅

---

① La Chanson des vieux amants，比利时著名歌手雅克·布雷尔（Jacques Brel）的代表作之一，发行于 1967 年，后被众多歌手翻唱。

② Puglia，又称阿普利亚，意大利南部的一个大区，气候干燥、阳光明媚，以海滨浴场和历史悠久的岩洞闻名，是欧洲热门的旅游地区。

行经历。这种交通工具灵活性很高，正合他们的心意。让娜正想着，忽然被几声尖叫拉回现实。她来到窗户边，寻找惨叫的来源，发现五十米开外的街上围了一群人。透过看热闹的人群，她分辨出那是一个倒在地上的男人，旁边还有一个人正在给他做心肺复苏。让娜猛然反应过来，打开门冲了出去。

喔！吾爱，
我的宝贝，我的心头肉，我此生的挚爱。
从清晨到夜晚，
我仍爱你，你知道我爱你。

赶到时，皮埃尔已经失去了知觉。她在他身旁跪下来，轻轻唤他的名字，带着祈祷般的虔诚。围观的人中有一个女人拿着手机，告诉她救护车已经在路上。不知过了多久，皮埃尔终于睁开了眼睛。做心肺复苏的年轻男人于是停了手，围观的人自发地鼓起掌来。让娜一遍遍吻着丈夫，眼泪流到了他的脸上。

"亲爱的，我好怕！"

"我头好痛，"皮埃尔喘息着，"我也好怕，我害怕死。"

他的目光落到她眼里。让娜永远都无法忘记他的目光，惊惧又痛苦——他最后的目光。

数秒之后，他的目光永远熄灭了。接下来的记忆只剩阴云——急救员赶到了、努力抢救了、围观的人散了、皮埃尔被带走了……让娜一个人坐在原地，正午的阳光耀眼，脚边是皮埃尔买的法棍面包。

我仍爱你，你知道我爱你，

十月

我爱你。

让娜绕过伊丽丝,一把夺过了橱柜上的相框,转身跑进了房间。阳光温暖地洒在地板上,她站到阳光下,照片贴在心口,任眼泪肆意奔流。

迪欧

我自觉也算见过世面,不过脏乱差成这样,我还是第一次见。每次开抽屉,我都怀疑家里刚被洗劫过。刚来的时候觉得房子干干净净的,但后来发现要是不想被砸个鼻青脸肿,我建议还是别打开壁橱。这么乱、这么倒胃口的地方还能住人,我很不理解。今天下午让娜依旧不在家,伊丽丝关在房间里不知道在干什么,于是我决定稍微打扫打扫。我把东西都清出来,分类放好,又是擦又是扫。之前在福利院的时候,每次哪里脏了我都会这样做。一开始人们总嘲笑我,后来我打掉他们几颗牙之后,这些人就不说话了。我很快摸透了一个道理:人善被人欺,马善被人骑。我生气其实压根不是因为房间乱,也不是因为别人笑我,我只是想到了我妈。她那儿简直就是猪窝。有个说法是,人一辈子能晒的太阳是有限的,一旦晒够了,再继续待在阳光下面,健康就要出问题。对我来说,能忍受的脏乱也是有限度的,我妈那里遍地的垃圾就够我受了。她吃完蛋糕,纸壳就直接扔在地上,水槽里没洗的盘子堆得老高,地板也黏糊糊的,厕所更是脏得让人想吐。有时她心情好,就把歌曲的音量放到最大,敞开窗户,把房间全部收拾一遍。她一连要打扫好几天,垃圾装上几十个袋子。她擦家具,跪在地上刮那些顽渍,堆起来的衣服也全洗干净。我很喜欢和她一起大扫除，我拿着一把鸡毛掸子，这里扫扫那里扫扫。每一次，我都当她是第一次犯错，每一次，现实又都狠狠地打我一记耳光。

"你在干什么？"伊丽丝站在厨房门口。

碗盘和吃的都已经分类放好，我手里的清洁海绵还没来得及放下，不过我还是好心解释了一下："在除虱子，看不出来吗？"

她耸耸肩膀。我不讨厌伊丽丝，她人其实挺好的，能把腊肠犬认成斗牛犬，还能在楼道上滑滑梯，不是什么坏人。不过我也不会忘记这娘们儿跟我对着干过。因为她，我差点就要去睡大街。我老是忍不住想到这个。那可不是我能承受的，我要是有点儿功夫，真想给她来个擒抱，让她摔倒。

她往壶里装满水，走近问我："我帮你吧？"

"没事儿，马上弄完了。"

"那来杯茶？"

"我不喜欢喝茶。"

她轻笑一声，打开茶叶盒："你爸妈真应该考虑一下对你的教育了。"

我感到血涌上了脸，像被人踩住了敏感神经。我猛地站起身来，毫不客气地盯住她："别扯我爸妈。"

伊丽丝的反应让我很快就消了气。她往后一步，双手护住自己。这女的慌了，嘴也在抖，说自己只是在开玩笑，没有故意伤害我的意思。她后来回了房间，留下一只尖叫的水壶。我站着，像个傻子。我不想吓着她，感觉自己的态度也不凶，不过她好像不这么想。我嗓门儿太大了，好多人都这么说。伊丽丝一定吓坏了。我最后把餐盘放到架子上，关上了柜门。

我敲伊丽丝的房门，门开了，音乐声飘了出来，老掉牙的歌，我反正没听过。我递过去一杯茶,热腾腾的,还在冒热气。

"给你。吓着你了,对不起。"

"谢谢,我才该说对不起,拿这种事开玩笑。"

我不知道该怎么接话,只能想到什么就说什么:"你在干什么?"

果然这女的回答道:"在刮胡子,看不出来吗?"

伊丽丝

我强忍着笑,合上门,没敢告诉迪欧他泡的茶像泔水。这小子八成是直接扔了一堆茶叶进去,没有用滤茶器。不过他这一个月里都没找我麻烦。为了维持相安无事的氛围,茶叶的事我就不追究了。

我正准备出门时手机响了起来,是母亲。自从她知道我出走以后每天都会给我打电话,这次我没有接。她总在担惊受怕,我心里很烦,什么都没告诉她。焦虑是我母亲的宠物,一直伴她左右,父亲去世之后更是变本加厉。我们姐弟一有什么事,母亲就坐立难安。不过我和杰雷米住到一起之后,她的不安便减少了很多。在她眼里,杰雷米是个宽厚可靠的老实人,对她唯一的女儿保护有加。我以前还担心她会恨杰雷米,恨他把我拐到那么远的地方生活,但事实证明是我想得太多了。母亲觉得我有了个好归宿,自己也能够安心了。

我们最近一次通话时,母亲说杰雷米想去看望她。他甚至都没有告诉她我离开的事,这是他母亲放出的消息。"杰雷米很体贴,不想让我担心。他看起来像老了十岁,我都快认不出来了。你让我别告诉他你的新号码,我照做了。不过这孩子看起来真挺痛苦的。好女儿,你至少应该跟杰雷米通个信,他都快担心死了。"

一想到杰雷米,我觉得自己的心忽然被捏紧了。这个男人生性敏感，看待问题过于偏执。有次他的老板说了几句不太好的评价，为此他整个周末都闷闷不乐。杰雷米需要有人不停地安慰和肯定他。我感到了一丝羞愧，将他置于这样的煎熬中。我不禁回想起了上次，他也是这样缺乏安全感的时候。

那时我们才搬到一起不久。我花了好几个月的时间，碰了无数次壁，才在一家诊疗所找到份工作。他们之前的理疗师正好退休，于是我接手了这个岗位。诊疗所里还有一位理疗师和一位正骨医生，同事全是女性，这对杰雷米来说是个好消息。在这之前他一直忧心忡忡，因为我应聘过一家诊疗所，老板是个年轻英俊的男人，不过最后我也没被录用。我工作了差不多一周，已经在病人和同事间树立了口碑，他们对待我都十分友善。杰雷米也很照顾我的感受，一举一动都温柔贴心。他知道我离开波尔多是一种牺牲，知道我一定很思念亲友。我曾经建议杰雷米搬来波尔多，但他难以舍弃银行主管的工作。他跟我说搬去拉罗谢尔生活会很幸福，我们可以在傍晚的海边一边骑单车，一边看夕阳西下。搬去那儿之后我发现确实如此，甚至比我想象的还要好。那些岁月，我看天空都是蔚蓝色的，我觉得未来一片光明。

有天上午我不用上班，最早的预约排在下午两点钟，但同事科拉莉有点事，求我代班一下。杰雷米当时在线上办公，他的车早先送去维修了。我到诊疗所时略微迟了几分钟，跳下车就朝着大门跑去。忽然一阵金属刮擦声传来，我止住脚步，听起来像我的车发出来的。我转过身，一边打开汽车后备厢，一边怀疑自己听觉出了问题——直到发现杰雷米蜷缩在里面，侧躺着，手机屏幕还没关。我愣在原地，一时间竟有些错愕。他开始不停地解释，说怀疑我在撒谎，说这不是他的错，说我的目光躲躲闪闪，说我应该对他更坦诚一些，说他已经经历过背叛所以不想重蹈覆辙。接下来的一整天我都在思索该如何处理这件事。晚上，杰雷米向我道了歉，保证自己绝不会再犯。他跟我说了自己前女友出轨的事，那个女人和他最好的朋友，说到最后他哭了。我感到同情占了上风，于是选择原谅了他。

母亲发的语音消息我没听，直接摁了删除键。我需要保护自己，保护我的孩子。昨天，我开始感觉到胎动，就像小泡泡在肚子里炸开一样。起先我以为是让娜的白菜酿肉不新鲜，直到后来我才意识到，那是宝宝在我的肚子里动呢。

十一月

Novembre

十一月

让娜

　　让娜从没见过墓园里如此人头攒动。门口有小贩在摆摊卖菊花，她走过，只是耸耸肩。对于让娜来说，皮埃尔走后的每一天都是诸圣节①，每一天都值得吊唁。

　　"不好意思迟到了，我刚刚去看望了一下妹妹。"让娜爱抚着大理石墓碑上的照片，如是说道。

　　"他不会因为这个怪你的。"一个女人的声音回答了她。

　　让娜循声望去，发现是上次坐在长椅上的那个女人。让娜假装没听到这句唐突的玩笑，继续着内心的独白："我好久没去看路易丝了，今天趁着过节去了一趟。我说以后还会常去看她，她的墓就在这附近，去也很方便。你知道吧，迪欧和伊丽丝搬来正好三周了。能相信吗？我开始习惯他们住在家里了，其实也没那么难以接受。我很少能见到他俩，这两个人都喜欢窝在房间里不出来。不过偶尔，我也会觉得，有人陪也挺好的。布迪纳也是这么想的，它可喜欢吓伊丽丝了。对吧，布迪纳？"

　　小狗听到自己的名字，冲主人晃了晃尾巴。让娜从兜里掏出一张纸来，浏览一遍，开口道："家里开了暖气。昨晚气温降到八度了，

---

① 天主教和东正教节日之一，日期为十一月一日，法国全国放假一天。法国的民间习惯是在这一天到墓地祭奠献花，凭吊已故的亲人，相当于我国的清明节。

063

这个冬天肯定很冷。洋葱都长了几层新皮，植物是最懂天气的。对了，昨天我做了今年第一碗洋葱汤，你不是最喜欢喝吗？伊丽丝觉得汤不错，但迪欧这孩子一口都不愿意碰。我说可以加点奶酪碎在上面，他说他不喜欢吃洋葱。最近这四五天我们都在一起吃晚饭，准确地说，是边看电视边吃晚饭。大家自然而然地就坐到了一起。第一天我忘了你不回来吃饭，准备了一整只鸡，就像之前咱俩一起那样，还淋上了肉汁，烤了胡萝卜；第二天我倒是没忘只有我一个人吃饭，但还是做了一份超大的蘑菇蛋卷。昨晚迪欧回来，带了店里的巧克力泡芙给我们。他就在你买面包的那家店上班，我给你讲过吧？这些泡芙糖面裹坏了，卖不出去，但我们还是吃得很香。"

让娜沉默片刻，又从口袋里抽出一张纸。这段时间以来，她每次都会在路上写好要对皮埃尔说的话。结婚五十多年，让娜从未厌倦和丈夫交流。年轻的时候，她害怕跟一个人分享自己的全部，也害怕大部分时间只跟同一个人交流。厌倦和重复在让娜看来不可避免，对婚姻的兴趣也就因此消减了几分。起初，和皮埃尔在一起并没有立刻打消她的疑虑，但渐渐地，她开始想走入身边这个男人的生活，这样的欲望越来越强烈，最终，那些疑虑也变得无足轻重了。

让娜正打算聊三楼杜瓦尔先生的新欢，之前坐在长椅上的妇人忽然插嘴道："他去世多久了？"

这次让娜好好打量了一番来人，她明显比自己年长很多，黑色皮帽下露出一些金色短发。妇人此时对她坦诚地微笑着。

"您是？"让娜询问。

她滔滔不绝起来："西蒙娜·米尼奥，我丈夫就葬在旁边。十五年来我天天都来这儿，我还挺高兴我丈夫有个伴儿的。"

听到这番唐突的发言，让娜不禁笑出了声，旋即又后悔起来，害怕对方会一直聒噪下去。她来这儿不是参加茶话会的，陪皮埃尔才是唯一的正事。这位西蒙娜面容和蔼，但只会唠叨说个不停。为了明确表示不想受到打扰，让娜故意转过身去，背对着女人，继续低声念着自己的独白。任何东西、任何人，都不能毁掉她这仅存的幸福时刻。

迪欧

我一打开门，菲利普猛地就抱住了我。换工作服的这会儿，他跟我说的话要比之前说过的加起来还多。我困得迷迷瞪瞪，完全跟不上，必须打起精神才能听懂。最后终于意识到菲利普在说些什么之后，我立马就后悔了。如果可以，我倒宁愿保持神志不清。

"是一场新的比赛，巴黎地区的学徒都会参加，赢了还有奖品。我已经给你报名了，两个月之后初赛，你还有时间准备准备。比赛内容到时才会公布，不过应该会很考验烘焙技术。从现在开始我们要准备起来。今天早上就先做圣奥诺雷泡芙[①]。"

我耐心地等他说完，然后说我不参加："我这才是第一年的学习，在这里上班还没有五个月呢。要我报名？没门儿。"

娜塔莉忍不住开腔道："如果你一开始就这么悲观，那肯定赢不了啊！去嘛，还能趁机给店里打个广告。"

"我就长得那么像广告牌吗？"

蕾拉站在后面，吃吃地笑了。娜塔莉喘着粗气去换她的班。菲利普也想说服我，表情挺倔的，我从来没见他这么活跃。最后迫于压力，我还是答应参加比赛。于是大家各找各妈，各干各事，好像

[①] 这款泡芙最早起源于巴黎圣奥诺雷大街的甜点店，一般以千层酥皮为底，上层是几个以焦糖装饰的圆形泡芙，甜点师通常还会在顶部挤上打发奶油作为装饰。

刚刚逼我的那群人不是他们一样。

我六岁时参加过一次比赛,那时我妈已经戒酒三四个月了。她找到份差事,还经常来看我。教员都说我很快就能回到她身边,我听了这话很开心。学校要组织一次歌唱比赛,我是全班跑调程度最轻的那个,自然就被选中参赛。这场比赛所有老师学生都要投票,票数最多的人获胜。我觉得压力有点儿大,尤其是我妈说她也会来看之后。当时老师同学都坐在观众席里,我不时地从后台跑出来,只是想看看她来了没有。她没来。我挺伤心的,但没时间多想。科琳娜老师让我再背一下她选的曲目,弗洛朗·帕尼的《学会去爱》[1],歌词我现在都还记得。轮到我上场的时候,我走上舞台,扫视了一遍观众席,发现我妈也在那里,就坐在第一排,显然是醉了。我一眼就可以看出来人醉没醉,比酒精测试仪还准,都不需要吹气。我开始唱了,她站起来,一边吹口哨,一边鼓掌。我不看她,但她跌跌撞撞地跑到了舞台前,想爬上来,却摔了一跤。我哭起来,哭着往后台跑。关于比赛的记忆,这大概就是最烂的一段。

我做泡芙和奶油,练习了好长时间,完了以后走到院子里,抽根烟,透透气。我现在很少这样了,老板不喜欢我们偷懒休息,还有个原因,就是烟很贵,得省钱。但这会儿,我还挺想抽一根的。

"我能来一根吗?"蕾拉走过来问我。

这是她第一次和我说话。她这工作不是全职,我也忙着培训的事,两个人没什么机会凑在一起。

我匀了她一根:"省着点儿抽,它比宝石还金贵呢。"

蕾拉笑了:"那看来我得把这烟当项链,往脖子上戴。"

她点火时我用余光瞅她,她的眼珠是棕色的,以前我从没留意

---

[1] *Savoir aimer*,收录于法国著名歌手弗洛朗·帕尼(Florent Pagny)发行于1997年的同名专辑中,帕尼凭借此专辑证明了其乐坛影响力。

过。她的睫毛很长、很黑，两颗小兔牙，指甲盖啃得不成样子。她的头发总是绑着，为了卫生。她看向我，我就把目光移开，只来得及看到她脸红了。一直到烟烧尽，没人再讲话。很奇怪，有那么几分钟，我感觉好像和她很亲。

伊丽丝

长日漫漫，高一物理课之后，我就没这样度日如年过。那时我的物理老师姓哈莫尔①，这个名字倒是十分适合他。

肚子里的小霸王吸走了我的活力，让我变得多愁善感。一整天我脑子里只剩一个念头：回家，洗个热水澡。不过在那之前，我要先去"不二价"超市，买我魂牵梦萦了好几天的栗子奶油。

我选择困难症发作，正纠结着是买香草味的还是含果粒的、是罐装的还是桶装的时，忽然一个熟悉的声音飘进耳朵。我还没完全反应过来，心脏就已经开始突突狂跳了。我知道是她，就在旁边，我不消看就知道是她。梅乐，我的老朋友。

我六岁时，举家搬迁到了一个新的小区。小区不大，只有五户人家，我们的房子隔壁就是车库。大人们搬家具，我就跑去花园里探险。对于童年时期的我来说，那个花园还是相当大的。它没有栅栏，我走着走着，眼前忽然冒出了一个小女孩儿，还是在我家的地界上。我走过去，双手抱在胸前，眉头紧锁，想让她知道我的厉害。小女孩儿却对我笑了起来，咧出一排整齐的牙齿，她说自己叫梅拉

---

① Ramort，读音与约瑟夫·拉莫尔（Joseph Larmor）姓氏的读音相似。在法语中，字母 t 在末尾时不发音。约瑟夫·拉莫尔是爱尔兰物理学家和数学家，在电学、动力学、热力学以及电子理论方面都有贡献。

妮[1]。后来我们两家院子的界线就消失了，在我的整个童年和青年时代，她家就是我家，在谁家里都很自在。后来玛丽和盖尔搬到了这里，小区的规模也扩大了一些。说起来，我已经有一年多没见梅乐了。

我刚去拉罗谢尔的那段时间，还和其他三个人保持着联系。我们在WhatsApp[2]上建了一个讨论组，每天都会互发消息。尽管走之前我保证会时常回去探望，但实际上，我很少回波尔多，因为杰雷米喜欢组织"情侣周末"之类的活动。一开始，我的朋友们对此也表示理解。不过后来，原本的回乡小住计划取消之后，她们的不满就表现到了语言上。那已经是第二次横生枝节，因为杰雷米需要临时赴约，第一次则是因为他伤到了背部。玛丽说杰雷米是故意的，我以为她在开玩笑，不过她是认真的，其他两位朋友也没有提出异议。她们的反应让我很难过：我最好的朋友却在说我爱人的坏话。后来有一次，她们三个带着家属来拉罗谢尔度假，租住的房子离我家只有两公里。杰雷米当晚恰好吃了一个变质的牡蛎，整个周末都在床上和洗手间之间跑。

"需要我留下来陪你吗？"我问他。

"我不想剥夺你和朋友相处的机会。"他回答道。

我松了口气，我真的很想我的朋友们，也很高兴能和她们聚一聚。但两个小时之后我还是回来了，回家看到杰雷米气息奄奄地躺在床上。他旁边放了个空盆子，头发湿漉漉地贴在额头上，还不住地发出呻吟。为了缓和气氛，我试着开了一个玩笑："腿张开，先生，让我看看你的产道开到几指了。"

---

[1] 梅乐（Mel），梅拉妮（Mélanie），前者是后者的昵称。
[2] WhatsApp Messenger（简称WhatsApp），一款用于智能手机通信的即时通讯应用程序。

十一月

　　杰雷米没笑，只是叫我去浴室里找点药来。他又说本来自己去拿就行，但是他的身体条件不允许，还说因为我不在，他等着的这段时间受尽了折磨。于是我放弃参加晚上的聚会了。玛丽建议大家到我家来叙旧，杰雷米这时说："你的朋友都太自私了，你又是这么大方，她们不配做你的朋友。"

　　几天后盖尔在 WhatsApp 上发了长文给我，她很困惑为什么杰雷米表现得这么霸道。其他两个朋友也都同意她的看法，认为他在让我疏远自己的好友。我解释说杰雷米不像她们想象的那样，他是个体贴细心的人，出手也很大方。但这只是徒劳，她们并没有就此松口："我们爱你，伊丽丝，也知道你父亲去世之后，你变得脆弱了许多，但那个人不能这样趁机利用你的脆弱。"

　　WhatsApp 上的聊天越来越少了，我很害怕失去朋友，于是想周末在母亲家里举行一场聚会，杰雷米也很开心地答应了。碰巧周六晚上梅乐也要开一场告别晚餐会，她在巴黎找到了一份律师工作，马上要搬走了，房子里堆满了纸箱和行李。梅乐找到了许多老照片，我们看着、笑着，回忆翻涌：我们一起上的体操课，高中时代的哥特风打扮，毕业化装舞会，我拿到大学文凭后开的庆祝派对，我们在努瓦尔穆捷岛上的露营、滑雪，在玛丽家的睡衣派对……

　　杰雷米心不在焉的，我试图引起他的注意，却没有奏效。梅乐递给他一本相册，他抬手把它扔到了桌子上，扔得远远的。所有人都不说话了。我看着杰雷米，不知道什么惹恼了他，以前从来没见过他这副模样：下颌痉挛着，眼睛里仿佛喷着火。

　　梅乐匆忙打圆场："这只是些老照片，里面没有她的前任，如果你担心这个的话。"

　　"我对她之前的生活不感兴趣。"他语调很冷。

　　玛丽抓住我藏在餐桌底下的手，握得紧紧的。

"你为什么要这样？"我小声发了一句牢骚，"我们玩得很开心，又没干什么坏事！"

他把椅子往后推了推，猛地站起身："好了，我们走了。"

玛丽更加用力地握紧了我的手，梅乐也对我笑笑："你留下吧，伊丽丝。"

"我们和你一起。"盖尔补了一句。

杰雷米向门口大步走过去："伊丽丝，你想干什么都随便你，但我要回去了，我受不了别人这种羞辱。"

我试着最后挽留了一下他，但显然无济于事。我只得一边跟朋友们说抱歉，一边起身跟他离开。

接下来的几周，我都试图将杰雷米及我自己的行为合理化。但玛丽只草草地回复了几句，盖尔也只发来一个表情包，至于梅乐——始终沉默着，一句话也没说。

我转过头，梅乐就在那儿站着，拿着一盒面包片，旁边是她的丈夫洛伊克，他先看到了我。我愣住了，洛伊克心情很不错的样子。他朝我笑笑，还用肩膀顶了一下梅乐。我的朋友循着丈夫的目光望过来，和我的目光相遇，脸上浮现出一种复杂的表情：惊讶，或许还有点儿高兴，以及显而易见的尴尬。我的顾虑消失得干干净净，我走过去，想跨过那些阻碍和她拥抱，像我们以前那样打个招呼。然而"以前的我们"已经不复存在了。我还没能走到梅乐身边，她就迅速拿好一瓶果酱，什么都没说，头也不回地走远了。

让娜

让娜又收到了一封信，这次的比之前的都要厚，打开之后她便明白了：里面夹着一张照片，是特意从报纸上剪下来的。她认出了这张照片，手也抖起来，拿不稳信了。

1997年冬

巴黎下雪了，这倒不多见。雪把城市划分成两个阵营：享受的一派和抱怨的一派。让娜和皮埃尔属于前者。雪花清洁无瑕，让人感觉待在家里，心情也宛如在度假。他们俩穿上特地买的雪地靴，去蒙马特高地①滑雪。人们已经把那儿变成了一座临时滑雪场，现场景象是相当壮观的：孩子们从山顶往下滑行，屁股下面垫着垃圾袋，有些胆子大的还带来了自己的滑雪装备。皮埃尔提议妻子尝试一下小雪橇，却遭到了坚定的拒绝："这辈子都不可能的，我提醒你一下，我们五十了，可不是二十岁的年轻人！"但仅仅几分钟后，那个说"不"的女人就坐到了他的两腿之间，拿垃圾袋当雪橇，朝山下全速滑行起来，同时还不忘发出快乐的怪叫。

伊丽丝进了门，发现让娜在沙发上睡着了，打着小鼾，布迪纳守在一旁。小狗见到伊丽丝，跳上来就要和她玩，发出的动静吵醒了主人。让娜折好手中的信，塞进腰间的口袋里。

"您还好吗？"伊丽丝有些许担心。

"没事儿，有点乏力罢了，现在好多了。"让娜起身，"喝点儿开胃酒吗？家里有龙胆酒、马提尼和甜葡萄酒，我之前没事儿就喜欢和皮埃尔喝两杯。"

---

① Montmartre，巴黎北部的一块高地，有圣心大教堂、小丘广场、红磨坊等著名景点。

"谢谢，我喝杯橙汁就好。"

伊丽丝将大衣挂在玄关处，语气很温柔："我无意打探您的隐私，但也不想让您觉得我是个冷漠的人。皮埃尔是您丈夫吗？"

"是的。"让娜深深地呼出一口气。

"他去世很久了吗？"

"四个月了。"

"那就是最近……我很抱歉。"

"但我感觉这四个月像有一辈子那么久。"

让娜取出两只杯子，放在桌上："我始终接受不了他不在了这个事实。'他不在了'四个字说出口才知道分量有多重。我到处找他，天上地下翻了个遍，哪里都找不到。他不见了，从我的世界里消失了。"

她不讲了，在伊丽丝身边坐下来，灌了一口龙胆酒。

"你呢？有没有遇到过对的人？"她问伊丽丝。

年轻女人垂下眼睑："我不知道。我以为自己遇到了，但现在又不确定了。"

门口传来钥匙转动的声音，打断了两人的谈话。迪欧开门走进来，看到她俩围坐在餐桌前，桌上放着酒杯。他露出一副惊诧的神情，跟她们打了个招呼。

"喝点什么吗？"让娜问，"橙汁？石榴汁？家里还有薄荷糖水。"

"我已经成年了！"年轻人打趣说，"要看看我的身份证吗？"

让娜也笑了："十八岁也还是宝宝呢，不过你坚持要喝酒的话，那我还有甜葡萄酒、龙胆酒和马提尼。"

"好的，梦回 20 世纪了是吧。家里就没有啤酒什么的吗？"

迪欧对这些选项都提不起兴趣，于是让娜为他盛了一杯梨子酒，

十一月

用小碟子装了点咸口小饼干，还抓了一把橄榄。迪欧喝着，五官痛苦地挤到了一处。大家还一起尝了尝伊丽丝做的焗小南瓜。年轻男孩儿讲了自己对烘焙的热爱，伊丽丝则八卦了一些客户的逸闻趣事。没有人想到要打开电视机。今天让娜遛狗的时间比平时晚了点儿，喝的两杯小酒，还有餐桌上的温暖光景，都让她有点晕乎乎的。出门之前她转身，面对着自己的两位房客，他们正打算起身离开。让娜这时说："不如我们之后都用'你'来称呼彼此吧①？"

迪欧

我每个月都要来这儿一次，但心里谈不上乐意：一是我不乐意来，二是我来了就不想走。

我到这儿要坐火车，没之前住附近的时候方便。这次我在车上直接睡着了，差点儿坐过站。最近因为准备比赛，我天天都睡得很晚，整个人累得够呛，每天晚上回了家都在练习。主要是家里的两个室友不会挑刺，伊丽丝甚至吃了我做的歌剧院蛋糕②，还吃过两次呢。

接待处的护士都没盘问一下就放我进了。在这儿，随便谁都能进来。毕竟如果不是没辙，谁又愿意来这破地方？

我深吸一口气，推开了病房门。这个动作做习惯了，就好像能改变什么一样。虽然事情不会有起色，但至少，深呼吸能给我几秒

---

① 在法语中，一般只有比较亲近、关系密切的人，或者年轻人之间，才会用"你"来相互称呼。
② 诞生于20世纪60年代，由法国著名甜点师加斯东·雷诺特（Gaston Lenôtre）创制而成。一般有六七层，由杏仁海绵蛋糕、巧克力甘纳许、咖啡味奶油和巧克力淋面组成。整体造型层叠交错，表面光滑可鉴。甜点师通常会在巧克力淋面裱上"Opéra"字样或音乐符号。

钟的喘息时间。

我妈在房间里。他们把人放在扶手椅上,她头歪向一边,我把她扶正。虽然很蠢,但每次推开这破门的时候,我都希望她能对我笑一笑。不过医生说得很清楚:她再也不可能好了。我眼前的只是一个壳子,妈妈已经不在里面了。她甚至可能感觉不到我来看她了。

大家都说我妈能待在疗养院是走了大运。才四十三岁就成了植物人,我可不管这叫走运。唯一走运的是对面车里的人,他们一个没死。这事儿过去五年了,但我还没能缓过来。

我坐到病床上玩手机,脑子却一直开小差。我老是在想,如果我妈没有染上酒瘾会怎么样。我猜到过,我妈戒过几次酒。我还回去和她住了一段时间。应该有两次吧,她每次都保证再不喝了,她一说我就会相信。那段时间我妈像变了一个人,我俩每天都过得很开心,她时不时就唱唱跳跳的,还喜欢上了下厨做饭,尤其喜欢给我做蛋糕。她带我去森林,去海边,在那里捡树枝修房子,尽管每次开车都要花三个多小时。我翘课她也不管,用我妈的话来说,在教室里可是学不会怎样生活的。她还经常和我睡在一块儿,有时是我求她,有时则是她自己乐意。我们的房子里贴满了小字条,都是她写的爱我的话。她说我是最聪明的小男孩儿,说我是她的小太阳。这些便笺我都留着,收在之前买的那辆二手车里,现在警局替我保管着。忽然有一天,什么预兆都没有,她的酒瘾又犯了,而且犯得很夸张:她睁眼第一件事就是喝酒,喝到走不直路、说不清话,喝起来直接对嘴吹,一开始还藏着掖着,后来就无所谓了,在客厅喝、在我的房间喝、在大街上喝。她丢了工作,也不做饭,也不唱歌跳舞了。她会在凌晨开车跑去加油站买酒。她想把我一个人留在家里,我不干,害怕她在路上被撞死,求她带上我一起。车子偏离路线了,我还帮忙把方向盘扶正。她忘了要送我上学,忘了周末朋友聚会要带上我。我们又搬了好几次家，但照样有邻居告发她。儿童福利部门的人来问情况，我矢口否认。

要是出车祸的时候我也在就好了，我就能帮她把方向盘扳回来。但没机会了，什么都没了，这就是最残忍的地方。

整个下午我都待在病房里，回忆之前的日子。每次要走时我都会重复一套流程：亲亲她的脸蛋，说我从来没恨过她，生病不是她的错。我看着墙上贴着的信，那是车祸后在我妈口袋里找到的。我说我过几天再来看她。

我走出大门，但心里谈不上乐意：一是我不乐意来，二是我来了就不想走。

伊丽丝

我到博利厄太太家时，迎接我的不是那声熟悉的"小骚货"。客厅空空如也，她女儿的声音从卧室里传出来。我走进房间，看到她在往包里装衣服和洗漱用品。

"我妈妈刚被急救医疗队接走。不好意思，伊丽丝，事发突然，我没来得及通知，让您白跑一趟。我现在要去医院陪床了。"

"出什么事了？"

她情绪很激动，手抖个不停，脸上还有泪痕没擦干。

"我们正吃早饭，忽然我妈妈的嘴歪到一边，开始胡言乱语。我赶紧叫了急救医疗队，他们马上就来了人，说是中风，要带她去做全套检查。"

言语安慰在此时好像是多余的，然而作为过来人，我清楚安慰的话能发挥的作用——就像往伤口上贴一枚小小的创可贴。父亲去世后我收到了很多人的慰问消息，从一两行到好几页都有，有发邮件的、短信的，有亲友们说的，也有不那么熟识的人说的。我一看再看这些消息，通过吸收字句中的爱意来止痛。从那以后我便坚信，人心碎的时候是需要爱的，需要饥渴地、狂热地汲取爱让自己活下去。等到走出阴影之后，一切伤痛便只是谈笑的往事了。在这个疗伤的过程中，最重要的东西，就是安慰的话语、鼓励的微笑，以及旁人点滴的关怀。

于是我说我会陪着她，一切都会好起来的。她母亲是位了不起的女性，时常逗我开心，有时也会让我感动得说不出话。我说认识博利厄太太我很高兴，希望能早日再和她见面，再听到她叫我一声"小骚货"。博利厄太太的女儿笑了起来，笑得满脸泪水。

她走之后我又待了一会儿。餐桌上的早饭只吃了一半，我把东西收拾整齐，想起了一家救助所负责人对我说的话：护工就是要深入他人的生活，有时甚至会成为和他们唯一有交集的人，在这种情况下，要避免产生感情，但这几乎是不可能做到的。

我在餐桌上留了一张便条，希望博利厄太太能早日康复。接着我离开了公寓，心思都回到了病人身上，那些被我留在拉罗谢尔的病人。

我选择成为一名理疗师并不是出于偶然，而是希望能够帮助人们恢复健康。或许在我还小的时候，在我不小心扭断芭比娃娃的一只胳膊，或者奶奶让我替她按摩的时候，理想的种子就在心里播撒下了，我似乎从来没有产生过其他的理想。我运气不错，一毕业就顺利找到了工作。理想的实现往往也伴随着失望的风险，但从上岗的第一天、第一秒开始，我就知道理疗师正是自己所追求的职业。没过多久，我便成了儿童运动机能障碍方面的能手，在肌肉、神经和呼吸系统复检等方面，也充分展现了自己的天赋。但如今，我已

十一月

经抛弃理想快五个月了。在⋯⋯太、哈马迪先生、纳迪娅和其他客户家里的时候,我都会⋯⋯念自己以前的工作,想要重拾旧业,重新修复人们残破的躯体。我怀念我的病人们。最近几天我⋯⋯了几趟就业中心,找到了一些比较合适的工作,却一直犹豫着没⋯⋯。再有两个多月我就要休产假了,或许生完孩子之后我会复⋯⋯,我就不会再害怕那个人打遍诊疗所的电话来找我了。

Il nous restera ça

⋯⋯的时候,西蒙娜已经坐上了⋯⋯合西蒙娜唠叨的机会。今天公⋯⋯儿。她不想浪费和皮埃尔相⋯⋯并不打算放过她:"天气真好,

⋯⋯语气中立,不冷不热。她期

⋯⋯别人听到她和皮埃尔的谈话,⋯⋯汽车动不了,都打算下车走路⋯⋯了脚会痛,所以……"
⋯⋯娜插嘴进来,"不过听说平底⋯⋯什么了。"
⋯⋯天的发言稿,看了一眼,开口道:"时隔好久,今早我又和维克多一起喝了咖啡。他把门房装修得很不错,我猜他母亲肯定会喜欢。不过仔细想想,可能颜色对她来说有点暗,你知道她喜欢鲜艳的。"

"我更喜欢白色。白墙是最典雅的,只挂几幅画就很好看。当然了,画最好是黑白的。我儿媳就喜欢亮晶晶的,每次我到她家去,眼睛都要被家具晃瞎。不过我去她那儿,也是为了看孙子孙女。要是等着他们主动来,那我都老成木乃伊了。您有孙子孙女吗?"

怒气一瞬间占据了上风,让娜转身面向西蒙娜:"这位女士,您难道没有看见我在和我丈夫说话吗?我们聊天的时候,可以请您不要打扰吗?"

"抱……抱歉。"西蒙娜结结巴巴地解释,"我没什么机会能和人说话,碰到有人的时候,可能会有点冒犯。"

让娜继续和皮埃尔说话,但心里却像灌了铅一般沉重。打小父母教育她要尊重别人,就算是自己吃点儿亏也不要紧,况且她还极富同理心,有时甚至会压抑、忽视自身的情绪。让娜很少会把自己的愿望放在首位,仅有的几次任性之后,负罪感缠得她喘不过气来。西蒙娜只是坐着,就遭到了自己的粗暴呵斥,让娜想着,心里难受极了。她低声跟皮埃尔解释了几句,起身坐到了西蒙娜旁边,布迪纳一直跟在她身后。

后者也没有端着,反而不计较,愉快地打开了话匣子。

她丈夫罗兰去世已经十五年了,西蒙娜还是深切地思念着他,就像失去了身体的一部分一样。她独活了这么多年,却始终觉得丢了什么东西,她就是怀着这种心情来墓园的。

"十五年,我没有一天不来看他。"西蒙娜加重了语气,"甚至在去医院做内窥镜检查的时候,他们想要让我留出一天的时间,我也没答应,为了出门签了责任书。我没后悔过,反而觉得很高兴。他和我之间的联系还没断,您明白的吧?"

让娜太懂这种感觉了,对她而言,看望皮埃尔也是自己活下去的唯一动力。

十一月

现在看来，西蒙娜比第一印象里的要可爱多了。让娜虽然喜欢和她聊天，但也不愿耽搁，仍然赶着回到丈夫身边。

她走的时候西蒙娜已经先一步离开了。让娜在车门合上之前赶到了站台，公交车司机注意到了，便替她留了门。布迪纳乖乖蹲在脚边，让娜看着窗外闪过的车水马龙、商店大楼，有些已经换上了圣诞节的装饰。时间过得这么快啊。

她到家时，发现迪欧和伊丽丝都在厨房里，年轻男孩儿带回了烘焙原料，准备练习。

"今天我给你们做个圣奥诺雷泡芙！"他骄傲地宣布。

让娜笑笑，借说内急躲进了洗手间。她长久地盯着镜子，什么东西都没有出现，然而她察觉到西蒙娜说的话留在了她心里。四个月了，她仍然思念着自己失去的身体的一部分。

迪欧

首先我觉得自己不是练空手道这块料，其次这运动也不太适合我。每次要双人对战的时候，我都尽量跟山姆凑到一块儿，就是那个十岁的小孩儿。但是教练的鼻子很灵，他看穿了我的小心思，安排我跟洛朗一组。那哥们儿块头有我的两倍大，肩膀宽得我得来个大跳才能跨过。他和卡车唯一的区别就是身上少了块保险杠。这不像个人，倒像个脚手架，或者长了手脚的巨大衣柜，女明星的衣橱那种。洛朗面对着我站好，我有点犹豫，不知道是应该和他握手，还是拉住他的把手，不过我很快就懂了：这家伙不是个能开玩笑的主儿。

上完这节课，我终于明白了为什么要穿保护装备。我浑身酸痛，穿上运动鞋，忍着不叫出声来，一抬头正撞上山姆，他在冲我笑。

"喂，你不会是在笑我吧？"

他笑得更灿烂了："我得说，有点儿吧。"

晚上外面又黑又冷，大家一出来就各自散开。门不停地开啊关啊，还有各种发动机点火的声音。山姆跟我说了拜拜，就朝教室那头走去，他之前把自行车锁在那块儿的。我正要转身去赶地铁时，却看到他跳起脚来。

"天哪！这群小混混儿！把我自行车车胎给扎了！"

我本想告诉他说脏话不对，但还是忍住了，在他这个年纪，我也不是什么乖孩子。生活在福利院，就需要表现得很强势，特别是在你其实非常弱的时候，你得虚张声势，绝不能示弱，不然别人就会欺负你。最好多说脏话、多做下流的手势，就像往衣服里加垫肩，能让自己看起来更高大。十岁的时候，打架骂人对我来说已经是家常便饭。但在心里，我其实只想快快长大，逃离这些事儿。

"你爸妈能来接你吗？"

"不能。但我住得不远，可以把车推回去。"

"我陪你一起吧。"

"没事儿，我自己就行。"

"你还是个小孩儿呢，天这么黑，我总不能让你一个人走着回去吧。"

一路上他说个不停，一会儿说他三岁的小妹妹可爱笑了，只有玩具被抢的时候才会不高兴；一会儿又聊起《我的世界》[①]，那是他最爱的游戏，但他爸不准他上学的那几天玩；一会儿又说他家的猫叫夏洛，从他小的时候就喜欢黏着他一起睡觉；一会儿说他有个朋友

[①] Minecraft，一款沙盒类电子游戏。该游戏以玩家在一个充满方块的三维空间中自由地创造和破坏不同种类的方块为主题。

叫马里于斯，带了烟到学校里来抽。他说自己已经等不及要上初一了，他说他喜欢空手道，嘻哈舞蹈也不赖。他说自己的自行车已经被偷过两次了……说快要喘不过气来，一直在讲话，声音一会儿很尖一会儿又低下去，带着明显的变声期特点。他说话的方式很特别，也很好笑。孩子气的句子，但又用了很多老掉牙的词儿，偶尔还要来上一两句脏话。比如："我在幼儿园的时候就认识马里于斯了，他是我最好的哥们儿。这厮有好几次下手没轻重，但我每次都原谅了他，我这个人就是宰相肚里能撑船嘛！"

或者："不过这帮混混儿老是搞坏我的车，我真受够了，他们简直欺人太甚！"

我笑得合不拢嘴，这倒鼓励他一路说下去了。

我们花了十多分钟走到他家，小家伙还告诉我自己平时骑车要走多久。他从包里掏出一把钥匙，谢谢我送他回家。我等他关上门，才掉转方向去赶我的地铁。在路上，我摸出手机，发了条消息给让娜和伊丽丝：我今天到家要晚一点儿，不用担心。

伊丽丝

博利厄太太去世了。她的病情本来已经稳定了下来，但是三天后，突发的第二次中风还是夺走了她的生命。机构的经理告诉了我这件事，说给我安排了另一个客户，一位得了帕金森症的老太太。我感到一丝尴尬，便岔开了话题。博利厄太太的确占了我薪酬的很大一部分，但在她刚刚去世这个关头，我实在没有心思想钱的事。后来她女儿给我发了一条短信，感谢我陪在博利厄太太身边。我回复了几句蹩脚的安慰话，没敢告诉她我有多难过，还有，我有多感同身受。

纳迪娅家，我进门的时候她还在床上。她儿子坐在旁边，正在埋头苦读《追忆似水年华》。

"他没去学校。"纳迪娅解释说，"他看我实在虚弱，不愿意留我一个人在家里。"

"十岁就能读普鲁斯特，我觉得他翘个一两天课也没关系。您去看医生了吗？"

"今早看了。我的病情最近又有反复，腿没力气，只能坐轮椅。烦死了，我才买了一条短裙，再也没机会穿了！"

"我来帮您穿。"

她笑了起来："这裙子太短了，坐着准会走光，而且我自己一个人也脱不下来。看来以后只能穿比较方便穿脱的宽松衣服了，不过那样看起来会让我有点儿像老太太。"

"不好意思妈妈，你现在也不怎么年轻。"雷奥打断道。

"谢谢你，宝贝，你妈现在也才三十六岁。"

"我就是这个意思。"儿子努力憋着笑，回了一句嘴。

我感到心里的某些东西被触动了。面对病痛，纳迪娅坦然自洽，没有逃避，而是直面它、击碎它。她让我想起了拉罗谢尔的那群孩子，他们笑对挫折和疾病，用力拥抱生活。好多次我身心俱疲地回到家，就开始谴责上天的不公。杰雷米总是耐心地听我抱怨，宽慰我，告诉我这份工作是有意义的。但同时，他也担心我的心理不够强大，觉得我可能会因此消沉。我还记得有天晚上，我跟杰雷米倾诉自己有多痛心，我的一个病人——六岁的卢卡，刚刚收到了病危通知。杰雷米紧紧地把我搂在怀里，抚摸着我的头发："宝贝，你有许多的优点，但要从事这个行业的话，你过于敏感了。你觉得小卢卡看不出你伤心吗？你觉得自己帮到他了吗？我很抱歉把话说得这么重，但总得有人告诉你实情：你不适合这个工作，你只是在帮倒忙。"

杰雷米动摇了我内心深处最坚定的那一部分。在此之前，我从未怀疑过自己的志趣和专业性，我从未想过自己可能是个没用的人。就算在很多方面都曾出现过疑虑，但在职业理想上我从来不曾困惑。然而，杰雷米的话让这份笃定有了裂痕。更糟糕的是，我宁愿相信他说得有道理，也不愿认为他是想伤害我。

"医生认为我这次康复不了了。"我扶纳迪娅下床时她说，"坐轮椅的生活正适合我！"

"这么棒！"她儿子嚷嚷起来，"我可讨厌走路了，你运气真好！"

纳迪娅爆发出一声大笑，雷奥也笑得倒在她身上，幽默是他们手中的矛。我注视着他们，饱受病痛折磨的两个人，却依旧挣扎着不肯屈服，就这样一路执手对抗苦难，不让痛怆牵扯到另一方。我注视着这幅母与子的动人场景，在心里对自己说，没有什么坎是过不去的。纳迪娅曾经对我透露，雷奥的父亲在她怀孕期间失踪过，她好不容易把他找到，说服他认这个孩子。在纳迪娅看来，恐惧是幸福最大的敌人。男人总算屈服了，但在雷奥三个月大的时候，他又一次人间蒸发，自此之后便音讯全无。

我也要独自迎接这个孩子的出世，成为无数单亲妈妈中的一员。但我和我的孩子一定会过得幸福，我保证。

十二月

十二月

让娜

让娜打小就害怕蜘蛛,尤其是那种长得像螃蟹一样的大家伙。今天她在客厅的墙上发现了一只巨大的虫子,当场吓到腿软,愣在原地动弹不得,紧接着就是一声待宰羔羊般凄厉的哀号。

伊丽丝跑了过来,差点被布迪纳绊倒,看到这只巨兽,也顿时吓傻了。

"这是什么东西?"

"我倾向于是蜘蛛。"让娜回应道。

"但是哪有这么大的蜘蛛!"

"你说得很有道理。不过我们该怎么解决这家伙,你能去拿把扫帚吗?"

"拿倒是能拿,但我绝对不会靠近这只蜘蛛一步。你不觉得它的样子太吓人了吗?它会往我身上爬的,我才不去呢。"

迪欧这时蹿了出来,看到这么大的蜘蛛,嘴里连声啧啧感叹。让娜松了一口气,仿佛看到了救世主降临:"迪欧,你来了!能帮忙处理一下吗?"

"没问题。"年轻人回答,"咱家有喷火器吗?"

"当然没有。"

"那我也没办法了。"

伊丽丝向他投去狐疑的一瞥:"你怕蜘蛛?"

"我才不怕呢,我只是比较警惕爪子比我多的生物。"

"迪欧,你能不能去拿一下吸尘器?"让娜哀求道。

"放在厨房里的?"

"对,就在冰箱旁边。"

"那就得经过这扇门。如果你还没注意到,那我小小提醒一下,这玩意儿刚好就在门上面。"

伊丽丝露出了一个紧张的微笑,在看到蜘蛛向墙角爬去之后,微笑演变成了一声惨叫。

"天哪!"让娜也叫起来,迪欧则往后撤了几步。

伊丽丝决定去找门房求救。最后维克多到时,蜘蛛差点儿把整个客厅的墙都爬了一遍。从维克多的视角看去,让娜和迪欧如同泥塑木雕一般,定在房间的另一端,眼睛死死盯住那个黑色的罪恶身影。

"我要是不盯着,蜘蛛就会逃跑。它万一藏到我们枕头底下怎么办?到时候睡觉都不安心。"让娜叫苦连天。

在众人的连声尖叫中,维克多用一个透明罐子罩住了虫子,然后打算把俘虏拿到外面去放了,他不想杀生。

"至少扔到三百公里开外,维克多!"让娜下了死命令。

"明白。"他说,"不过需不需要给它买张火车票?"

十分钟之后他折返回来,接受了三个人的狂热赞美,然后他们一起举杯,庆贺不速之客的离开。

"还不错吧?"他喝完杯子里最后一滴液体,"我是说,三个人的合租生活,过得还不错吧?"

伊丽丝点头表示赞同:"我们相处得很融洽,我们互相尊重。要适应一个新环境不是那么容易的,但我逐渐开始找到家的感觉了。"

维克多问道:"您之前就住在巴黎吗?"

"没有,在外省。"

让娜注意到了伊丽丝的窘迫,连忙解围道:"合租生活比我想象的有趣,只可惜迪欧不是很爱整洁,不过年轻人嘛……"

迪欧差点儿一口气没喘上来,不过很快就明白让娜只是在调侃他。老太太还不怎么会开玩笑,最近才开始展现出一点点幽默感。

维克多转向迪欧:"不好意思,第一次见面的时候太粗鲁了。不过让娜对我来说是很重要的人,她要和陌生人一起住,我还不太放心。"

维克多留下来和他们一起共进晚餐。让娜迅速做了一锅芹菜萝卜泥配鳕鱼,甜点则是迪欧烤的苹果酥。等酒足饭饱,维克多离开,伊丽丝也回了房间以后,迪欧提议让娜允许自己带布迪纳散步。

"我想抽根烟,顺便可以帮你遛狗。"

让娜婉拒了,说自己需要活动一下腿脚。于是他们一起走下楼去,走进静谧的夜里。

口中呼出的热气凝成了白雾,他们朝着街道尽头的公园慢悠悠地走着。迪欧点燃烟,让娜夺过来,塞到了自己的唇间。

"你抽烟?"迪欧有点诧异。

"不。"让娜咳嗽着,又吸了一口,"我之前从来不抽,我爷爷就是因为肺癌死的。但香烟一直对我有种吸引力,这个岁数了,也没什么好顾忌的了,对吧?"

她指尖捻着烟蒂,放到眼前观察了片刻,接着又抽了一口,还给迪欧:"真可惜烟这么难抽。"

迪欧

今天店里所有人都比我有劲头。菲利普一天到晚催我干活儿。娜塔莉跟我说话也是轻声细语的,这可是件稀罕事儿,就好像她只是做个口型,还有另一个人在给她配音似的。不过我最高兴的还是蕾拉表扬我了。每次做完一个甜点,她都会夸我,于是我就想做更多好吃的甜点。

我很喜欢蕾拉来店里的日子,虽然和平时没什么不同,但她偶尔会对我笑,让我感觉脸烫得像要着火。不过生活不是拍电影,她不可能对我感兴趣。我希望自己能有点骨气,不要别人表现出一丁点儿好感,就立刻对人死心塌地。这不值得,没必要。每次我掏心掏肺对人好,一颗真心只会被糟蹋。在我看来,最好就不要爱上一个人,虽然得不到,但至少也不会失去什么。

玛农曾说会永远爱我,我信了。但我早该知道她只是随口一说,毕竟我妈不是也同样抛弃我了吗?我和玛农计划了要一起做好多事,就等着满十八岁,等着离开福利院呢。我们甚至连以后养的猫叫什么名字都想好了。我和玛农谈了快两年,福利院的每个人都说我们般配,把我们当作一个人,叫我们"玛农和迪欧"。后来逮到她和迪伦搞在一起,我当时心都碎了。撞见我妈又开始喝酒时,我也是这种感觉。玛农连"对不起"都没说一句,说是我太温柔了,结果她爱上了别人,她也没办法。得,这就完了。多出来的一个迪伦快把我搞疯了,我不喜欢对别人的外貌挑刺,但这哥们儿长得确实砢碜,有蛀牙,还东扭西歪的。他们俩没谈多久就掰了,我不想承认,我觉得玛农愿意的话,我肯定会把她追回来,但她不愿意。两个月后我满了十八,于是我离开了。成年了就得离开,这是福利院的规矩。不过即使没有这个规定,我也一天都不会多待了。老实说,美好的

十二月

回忆也有，起码我在那儿也开心过，也有了一帮好哥们儿，尤其是艾哈迈德和热拉尔。不过别搞错了，人来福利院不是为了寻开心。每个人到那儿之前过得都挺惨的，经常被打。人很惨的时候就不该再被打了，于是别人就把他们送到了福利院。艾哈迈德和热拉尔给我打过几次电话，但我一个都没接。从到巴黎的那天起，我就决心要过新的生活，和过去说拜拜。然而我没办法，这颗心里有一部分，还是永远留在了那儿。

"你在干吗？"蕾拉走近工作台，冷不防地问我。

"给修女泡芙① 灌心呢。"我抓起一只泡芙，准备往里面填奶油。

她大笑起来："你说话好怪！"

过了好几秒我才反应过来，跟着她一起笑了。娜塔莉忽然跳出来，姿态像犀牛在冲锋："蕾拉，你在干吗？"

"取炉子里的巧克力面包啊。"

"你太磨蹭了，动作麻利点！柜台那边得有人看着！"

蕾拉默默翻了个白眼，走到炉子那边去了。我也继续做手里的修女泡芙。娜塔莉忽然对我说了一句冲击力十足的话："你俩之间有点什么小九九我不管，但这里是面包店，不是你们调情的地儿。"

伊丽丝

扫描室在医院的底楼，我在前台登记后便去了休息室。孩子的

---

① 该甜点由两个一大一小的泡芙堆叠而成，内填巧克力或咖啡口味的卡士达酱；外壳淋上甘纳许后，再以鲜奶油作为装饰。因其形状与修女的罩袍相似而得名。其历史可追溯至1540年，由法国王后凯瑟琳·德·美第奇的佛罗伦斯主厨潘特立尼（Panterelli）首创，18世纪由马里-安托万·卡雷姆（Marie-Antoine Carême）改良成现在的版本。

心跳声也无法使我平静下来，我感到极端的焦虑与不安。在我眼里，腹中这个一天天长大的东西不是什么胎儿，而是一个诺言。我不许自己在孩子出生之前就溺爱他，然而事实是，现在我爱他已经发了狂。

我有过一个夭折的妹妹，一生都在受她的影响。我五岁的时候，弟弟克莱蒙出生了。等到我八岁，母亲的肚子又大了起来。这次是个小妹妹，名字叫安娜伊丝。我讨厌看到她在母亲紧绷的肚皮下蠕动，觉得很恶心。母亲去医院生产的那天，我准备了一个盒子，里面装着送给未来妹妹的礼物：一个我不玩了的毛绒玩具，一个遭到我冷遇的洋娃娃，以及一个我不戴了的发夹。先回到家的是父亲，他告诉了我们妹妹没了的消息。我还记得他长久地抚摸着我和弟弟，终于忍不住发出呜咽。我只哭了一次，就是母亲回来的时候。在我的想象中，妹妹回家以后，会和我一起玩芭比娃娃，或者屏风式四子棋。但现在这个小妹妹没了。我们从来没有遗忘过她，她会参加每一次生日宴，和我们共度圣诞节，大家总是会提起这个小不点儿。每年的四月二十四日，我母亲还会花一天的时间为她流眼泪。然而，直到今天，我才真正理解这个伤疤的意义，那是我父母一生最深的悲伤；直到今天，我才知道我们能有多爱一个人，即使与他尚未谋面；直到今天，我才懂得为了保护一个脆弱的小生命，我们能够表现得多强大。我知道，如果失去了这个孩子，我的人生也将不再完整。

护士引我进了检查室，告诉我放射科的医生马上就来。我等着，努力地尝试镇静下来。我开始数天花板上的方砖：五十六块，有两块沾上了污迹。

一个年轻的男人进了门，同我打招呼。如果不是他穿着白大褂，我会以为他是个小孩儿，才和父母走散了。这医生看起来只有十二三岁，当他将耦合剂涂到我肚子上时，我差点儿就要求查看他的身份证。

"这次做的是大排畸?"

"什么?"

"就是二十周左右的彩超,胎儿系统超声检查。"

"哦,对、对,就是这个。"

接着检查所有的器官,看看宝宝发育是否良好。

医生用探头探查我肚子的每一寸地方。他的眼睛没有离开屏幕,我的眼睛没有离开他的脸。我试着解释他哪怕是最轻微的皱眉、最轻微的噘嘴。他什么也没说,我也不敢问任何问题,生怕被当成自己显然不是的那个焦急的母亲。

"唉——"他忽然叹了一口气。

"怎么了?"

"不太行。"

我浑身的血液都凝固了,感到快要呼吸不过来,心里在想如果现在装死,噩运之神能不能就此放我一马。

"这仪器不太行。"他终于说,"才让人检修过,不过没什么效果。今天打印不了 3D 彩超照片了,不好意思。"

他大概不知道,此时此刻,我根本不在乎什么 3D、4D。我的血液重新开始流动,也像为了安慰我,肚子里的宝宝忽然蹦跶了一下。

"啊!很好!"医生点点头,"我期待他转头位的那天。"

让娜

这是她第二次来到灵媒的住处,之前的顾虑暂时都消散了。让娜经过了一番短暂的思考，明白了她面前只有两个选择：要么相信真有冥世存在，相信皮埃尔就在那个世界里；要么相信人死如灯灭，她的丈夫已经永远离开了。让娜在布鲁诺·卡夫卡家的沙发上坐下来，庆幸自己选择了第一种。相信人死可以复生，这样她才能好受一些。

"很高兴再见到您。"灵媒对她的到来表示了欢迎。

"谢谢您告诉我皮埃尔又有话想和我说。他现在在这里吗？"

男人闭上眼，做集中精神状，接着他微笑了起来："皮埃尔就在我们旁边，他夸您今天很漂亮。"

让娜脸红了。她今天精心打扮过，就像从前初次约会的时候一般，满心欢喜。唱片机里放着雅克·布雷尔的歌，她在发髻上绑了一个蝴蝶结，涂着腮红、口红，还刷了一层睫毛膏。让娜穿了那条深蓝色的，皮埃尔在罗马的一家商店买给她的裙子，还有一整套黑色蕾丝的内衣——它曾把皮埃尔迷得神魂颠倒，但愿死人能够透视吧。让娜也迟疑过，不知道该不该穿成这样，但他们的身体也是如此相爱，程度并不逊色于两个人灵魂的契合，这使得让娜有了信心，她觉得皮埃尔会喜欢的。

"他为您骄傲。"男人继续说着，"他觉得您很坚强。"

坚强，让娜思索了一下这个词语的含义。如果白天强装无事，夜晚泪如雨下也算的话，那她确实可以称得上坚强。

"皮埃尔想告诉您，他一直伴您左右，注视着您。"

让娜不禁浑身一阵战栗，她偶尔或者说时常，会忽然觉得丈夫就在身边。如果集中精神，她甚至觉得他轻柔的呼吸落在了自己的皮肤上。卡夫卡证实了让娜并没有失去理智，她也一直没有对他收费的合理性质疑。想到皮埃尔还在世上某个地方等着她，让娜就仍然抱有希望，这一丝希望在她看来确实值两百欧元。

"他见到自己的弟弟了吗？"让娜问道，"他父母呢？"

灵媒转转眼珠，喉咙里滚过一阵低沉的响动。让娜希望对方不要突然跳上来攻击她，或者至少，先回答了提的问题再说。

"他和所有去世的亲友重逢了。我看到他被一群人围着，有年长的也有年轻的。他的父母应该就在旁边。这样很好，是吗？"

让娜感到有些吞咽困难，只得默默地点了点头，眼前展开的景象让她莫名地感到害怕。玄关那儿放着一张皮埃尔小时候的照片，他站在父母的中间。让娜想象着他们在某个地方重逢，心中深为震撼。

灵媒回过神来："今天就先结束吧，这次交流的强度太大了。但我们应该还会再见面的，对吧？"

尽管每次会面都很短暂，但让娜还是会毫不犹豫地接受邀请。她卖了几件珠宝首饰，所得足以支付咨询费用。让娜在记事本上写下了日期，套上大衣，向男人再三道谢。"皮埃尔说他想拥抱您。"他为她推开大门，"还有你们的孩子。"

迪欧

我一回家就发现两个老的在等我。老实说，这种感觉挺不错的，毕竟有人等可是件稀罕事儿，感觉就像有了个家一样。但我马上反应过来她俩是想找我帮忙，心情就跟伊丽丝下楼梯之前差不多，变得七上八下的。我猜伊丽丝肯定跟让娜说了，她有个病人坐轮椅，没有合适的衣服可穿，然后老太太就灵光一闪，叫我俩去地下室里找点儿东西。

伊丽丝紧紧握着楼梯扶手，挤奶工都没她那么用力。很明显，这女的也不想再摔个嘴啃泥，重现《冰上轻驰》①的经典场面。

我甚至都不知道这房子还有个地下室。一打开底楼的大门，维克多就应声冲出了自己的房间。有人经过时他总是这样，弹出来，不太像人，倒像个香槟酒塞子。

"怎么了？"

"呃——"我回答他，"你现在有空吗，能帮个忙吗？"

"当然有空。要干吗？"

"我们打算把让娜的尸体藏到地下室里，你来搬腿行不？"

这种玩笑每次都能骗到他。维克多的脸唰的一下白了，白得跟他的牙有得一拼。说实话，第一次看到这哥们儿咧嘴笑露出牙的时候，我差点被它闪瞎过去。伊丽丝解释说我是开玩笑的，他也干笑一声，说自己听懂了。

我走在前头开路，倒不是为了扮绅士，而是不想磨磨蹭蹭地浪费时间。我讨厌到地下来，总有种会被困在里头憋死的感觉。打小这就是我的噩梦，我还梦到过自己被追杀，拼命跑啊跑，只是在原地绕圈子，张嘴想哭，却发不出声音。我还在福利院的时候，往床头挂过一个捕梦网，是玛农给我编的。之后好几周我都没做噩梦，也不知道到底是捕梦网起了作用，还是因为有人爱我，愿意为我做一个。我走的时候没带那玩意儿，觉得开始新生活就不会再做噩梦了，但结果是，噩梦就喜欢缠着我。

我掏出钥匙，走到门前，迅速地开了门。地下室很小，床单下面是让娜随意放置的东西。伊丽丝走过去，掀起了盖着的布。

"让娜说它靠着右边墙的。"

我们发现了一个木头做的架子。

---

① *Cool Runnings*，迪士尼影片公司制作的运动片，讲述了几个牙买加人参加冰上项目冲击奥运赛场，以体育精神赢得掌声和尊重的故事。

"缝纫机应该就在那儿。"伊丽丝说,"纸箱也在,你看到针线桌了吗?"

我对针线桌没概念,于是我说没有,假装找起东西来。我伸手揭开正面墙边的另一块布,想看看那下面是什么。

"迪欧,让娜没让我们乱翻!她说过好几遍就在右边。"

我想把布盖回去,但已经晚了,布滑到了地上。伊丽丝当即捡起来,我俩勉强把东西恢复原位,但两个人都看清了那下面的东西:一个婴儿摇篮,里面还有只米色的小熊玩具。

伊丽丝

我走在巴黎的大街上,第一次不是因为通勤,也不是为了买菜。我漫无目地闲逛,单纯地散心。我走出了我的庇护所、我的舒适区,感到头晕目眩,因为所有的人和脸、所有移动的身体。我以前很喜欢待在人群里,我喜欢看人头攒动、生气蓬勃的样子。我的父母住在波尔多远郊的一处葡萄园环绕的地方。我母亲因为工作的关系时常进城,我就祈求她带上我,因为我喜欢探索陌生的人群。青春期,我和梅乐、玛丽还有盖尔一起,乘公交车去甘贝塔广场的维珍百货听碟片,然后到圣凯瑟琳街的胜利纪念碑那儿。在奥古斯特餐厅喝完咖啡,就回到我们口中的乡下去。在校期间我还和梅乐一起租过一间公寓,就在阿尔萨斯—洛林大道后面。卧室装的是单层玻璃,我睡觉的时候,感觉像躺在了大马路上:汽车行驶的声音、人说话的声音全都听得一清二楚。搬到杰雷米家的第一晚,我就抛弃了戴了多年的耳塞。比起噪声,绝对的寂静倒显得过于喧嚣,令人难以忍受。

杰雷米并不是在拉罗谢尔长大的。他离开家乡，先后去了阿韦龙省、下莱茵省和大西洋岸卢瓦尔省，但都没能适应。他自由漂泊的能力令人艳羡，相比起来，我就无法远离自己的亲友。我害怕杰雷米家中的寂静，他住的地方远离闹市，还有一圈高高的木头围栏。我母亲常说，夫妻生活就是一连串的妥协，或许搬去他家就是我做出的第一个让步。

　　我扫视一个个行人，看着他们的步态、影子、面庞。人群是我昔日的朋友，如今已成对头。危险或许就潜藏在某个人的帽子下面，或者某把伞底下，某辆车后面，又或者藏在对面的人行道上。我加快了脚步。我讨厌走回头路，讨厌屈服，不愿将到手的生活拱手让给恐惧。我已经躲得太久、走得太偏了。我信步拐进一个公园，路牌写着巴蒂诺尔广场。我找到一张长椅坐下来，等着自己的心跳恢复常速。等到休息得差不多时，我的电话响了，屏幕显示的是一串陌生号码。我的电话号码只有母亲、让娜和公司知道，而且他们的联系方式我也存了。于是我没有接，让电话转进语音信箱。接着对方又打了过来。我的心脏疯狂地跳动起来，我盯着屏幕，瘫在原地动弹不得。铃声终于停了，几秒钟之后，手机收到了一条短信。我只读了第一句，所有的紧张情绪便消散殆尽。我马上给他打了回去。

　　"克莱蒙，是我。"

　　"你过得怎么样？我要听实话。"

　　谈话进行了快一个小时，我跟克莱蒙坦白了一切，以前没告诉他、不想让他担心的事，全都说了。当然，之前有部分原因也是为了杰雷米，我不想有人觉得他不好。我弟弟是少数几个没有对他释放过恶意的人之一。我去拉罗谢尔的时候害怕克莱蒙会介意，但他鼓励了我，也许是想让我远离父亲去世的阴影。我无数次地想打电

十二月

话给克莱蒙,但又无数次地收回了手。因为我是姐姐,是院子里玩耍时保护他的那一个,是他偷偷外出时帮他打掩护的人,是他迟迟未归时心急如焚的人。我知道克莱蒙不会主动给我打电话,我们交流主要是靠 Instagram 私信。就为了关注他,我下载了这个应用,还注册了一个账号。克莱蒙热爱旅行,小时候,他就喜欢望着床头的地球仪入睡。成年以后,在父母的坚持下他好歹念完了高中,接着就出去闯荡世界了。背包是克莱蒙最忠实的伙伴,除此之外,别无其他。一年之后克莱蒙回到了家,母亲以为他环游世界的热望已经消退,却发现这不过是次预演。过去的十年里,我见他本人的次数还没有看他照片的次数多,但他喜悦的样子却拥有穿透屏幕的能力。克莱蒙在 Instagram 上有一万多个粉丝,他们都等着他上传各个地方的旅行视频,等着看视频里的北极光、赭褐色的群山,等着看绿水长流、沙暴过境。

"你怎么知道我的号码的?"

"妈妈告诉我的。"

"什么都别跟她说,好吗?"

"行。她觉得你只是需要透透气,一切都能回到正轨。但你别拖太久,别等到你孩子二十岁了她才知道自己当外婆了!"

我跟克莱蒙说了自己怀孕的事,虽然借助宽松的衣服暂时还能掩盖一下。我还讲了对这个孩子未来的担忧。语言像流水一般涌出来,我第一个告诉的就是他,但也没忘记省略诸如子宫口这种细节。

克莱蒙耐心地听着,没有打断,除非是憋不住笑,或者受到触动。听到弟弟的声音,我备受安慰,但心里仍旧泛起了一层酸楚的涟漪,因为这时我意识到所有的家人都远在千里之外。

"我三周之后要回国,到时候我能不能来看你?"

"当然可以了!"

"不过我要绕路去一趟拉罗谢尔,处理一点儿小事儿。"

我笑了起来,笑着警告他别掺和这件事。

"我已经失去得够多的了,克莱蒙。这次让我自己来,我会解决的。"

"哦!说到这个,我想起来了!我收到过梅乐在 Instagram 的信息,她向我要你的新号码,所以我才问妈妈你是不是换手机号了。那现在我可以告诉梅乐吗?"

让娜

让娜等着后续的来信,既期待又害怕。皮埃尔会在她读信的几分钟之间复活过来,她的生命也将因他的重生得以延续。但她读信时的快乐有多大,最后一句话结束后的失落就有多深。后来让娜将信读了一遍又一遍,却始终无法重拾初次读信时的那种感觉。

今天的信也和之前的一样,唤醒了一段蒙尘的回忆,但寄件人至今仍是一个谜。谁会记得这些让娜都想不起来的细节呢?这些与皮埃尔共同生活的点滴,无关紧要又弥足珍贵的小细节。这封信白纸黑字、清清楚楚地将一个事实摆到了眼前:他们的感情没有什么大开大合,全都是小小的幸福瞬间。

2012 年春

今天是皮埃尔最后一天上班。四十年的英语教学生涯,教出了一批批或勤奋或懒散的学生,过了今晚他就要退休了。皮埃尔始终坚信教师肩上担重担,四十年来一直满怀热忱,认真地履行教书育人的职责。那时让娜已经离开工作岗位好几个月了,她了解那种对社会失去作用、终日与无聊为伴,乃至消沉抑郁的感觉。白天因为不用早起、节奏不再紧张而显得过于漫长,让娜很高兴有皮埃尔陪她一起打发时间。为了庆祝这个日子,她特意为皮埃尔准备了一个惊喜。妹妹路易丝对信息技术和社交网络很感兴趣,在她的帮助下,仅仅几周的时间,让娜便联系上了许多皮埃尔曾经的学生。他们一届又一届,来了又走,早已深刻影响了丈夫的生命轨迹。她请他们为皮埃尔录一段视频,每个人都欣然接受了。看视频的时候,皮埃尔忍不住湿了眼眶,直到去世之前都在反复观摩这段视频。他知道,他能够品咂出,礼物的背后深藏的是妻子怎样的一份爱意。

信在让娜手中停留了好一会儿,只为了这座通往彼岸的桥能维系得更久一些。精神完全回归现实之后,她把信折好放回了床头柜里,和之前收到的其他的信一道收好。接着她坐下来,面前是一台缝纫机。这部机器已经老旧,使用的时候要格外小心谨慎,以免弄断棉线、堵塞针孔。但让娜是这台缝纫机的老朋友,她知道怎样使用最得心应手。之前伊丽丝谈起自己只能用轮椅代步的客户,让娜忽然灵光一闪有了一个主意。她请两位室友去地下室搬来缝纫器材,却不告诉他们自己的意图。她装作不经意地问伊丽丝那位女士的身材,接着比照着画了一张图样。让娜开始实施这个计划,只消几分钟,就找回了手感,娴熟地在缝纫机上操作起来。

让娜在迪奥的服装工作室当了四十年裁缝。托母亲朋友的关系,她二十岁就进了这家公司,在那里磨炼了自己的耐心,发掘了缝纫的天赋。让娜从学徒做起,几十年间一路晋升,最后成了车间的一把手。不管是套装、半成衣还是高级定制,不管是刺绣还是拼接,她都怀着同样的热忱对待。长时间的工作让她视力模糊,双手劳损。让娜不断地缝补、拆解,再缝补、再拆解,她的耐心遭受着重重考验,激情却丝毫未减。每一件衣服都需要数十乃至数百个小时的团队作业,最后成品亮相,工友们总会默契地欢呼雀跃。退休对于让娜来说,是一种休息,但同样也可以看作牺牲。退休之后,她和皮埃尔有了更多的相处时间,但她难以割舍工作室的融洽氛围。于是,为了填补空白,她在自己家的第二间房里复制了一个小型的工作室。这样一来,让娜的职业生涯便只剩一个遗憾,那就是没能见上克里斯汀·迪奥一面——他在她入行的几年前就去世了。

一个小时之后让娜停下了缝纫机,作品就这样完成了。以防万一,她做了三件不同的,只等着伊丽丝下班回来,像小孩儿等待着圣诞老人一样。这种紧张而兴奋的心情对她来说是久违的。

"伊丽丝,我给你的朋友缝了小礼物。"大门还没关上,让娜就迫不及待地对来人宣布。

让娜让年轻女人坐到沙发上,一件一件地向她展示自己的杰作。

"我去咨询了残疾人救助协会,了解了一下坐轮椅穿的服装有什么讲究。裤子的后襟做得弹性比较大,这样更方便病人坐着。我还把裤兜去掉了,不然窝着会硌得不舒服。对了,裤子的面料是棉氨纶[①]的。我缝了暗扣在裙子上,不过如果搭扣更方便,那也可以换。这裙子的开口在前在后都能穿,长度也足够把腿盖住。另外我还做了一件披风,是套头式的,前后都能拉上,就看是她自己穿还是有人协助了。披风我用的是华达呢,这种面料结实、防水抗寒,我还加了一个松紧兜帽在上面。喏,就这些啦。你可能觉得我多管闲事,

---

[①] 棉氨纶面料柔软、舒适、有弹性、不易变形,是贴身衣物的首选。

不过你之前说起这个病人的时候我就在想,自己是不是能帮上什么忙。"

让娜没说话,期待着伊丽丝的反应。后者长长呜咽了一声,旋即不停地道谢,赞美她是在雪中送炭。让娜没有料到伊丽丝会这么激动,自己便也流下了热泪。这个当口迪欧开了门,愉快地旁观了这欢欣垂泪的一幕。

迪欧

我很喜欢家里两个老的,这不是什么客套话。不过她俩要是能少哭点鼻子的话,我就谢天谢地了。我感觉自己开的不是门,而是泪河的闸。照她们这么哭下去,用不了多久,地球都能被淹了。我忙活了一天下班回家,一开门就是两个女人的哭声二重奏。她俩的眼泪简直是喷泉,我差点儿就丢个硬币过去许愿了。看到我进门,这俩人不哭了,不但不哭了反倒笑起来。我这辈子见过不少怪人,让娜和伊丽丝则属于少数中的少数。

我远远地说了声哈喽,就溜进了自己的房间。上班的时候疗养中心给我发了短信,说我妈昨晚突发肺栓塞,现在已经住院了。我一收到消息立马打了回去,听着嘟嘟的铃声,心里又慌又乱。护士告诉我她没事儿,我才松了一口气,但没过一会儿又伤心起来。有一天,他们会打电话给我,告诉我她死了,我到时候一定会很难过。死就是什么都没了,没有希望,没有原谅,也没有妈妈了。不过我也会为我妈高兴,因为她会解脱,从这破身体、破生活里解脱。我妈给我讲过她小时候的一些事儿,无论是谁,在她那个处境里都会做出同样的选择,宁愿醉个痛快也不要清醒地活着。

我妈出院之后我得去看看她,护士说还要再等几天。

我刷了会儿手机,看了一些无聊的视频,等着时间过去,带走我的坏心情。

让娜走到我房间门口,说自己做了菊芋①焗菜,还有半小时开饭。我不知道菊芋是什么,听起来不太好吃的样子。但我现在肚子快饿扁了,和她俩一起吃饭总比一个人盯着手机强。

我看看时间,还够冲个澡,于是找了条换洗的短裤和T恤,朝浴室走去。伊丽丝一般习惯上午洗澡,让娜总是在我们不在家的时候洗,而我总是晚上回来洗,规矩不自觉就这样定了下来。我心不在焉,没注意到灯是开着的,径直打开浴室门走了进去。

"啊啊啊啊啊啊啊啊啊啊!"伊丽丝尖叫起来,花洒下面的身子光溜溜的。

"啊啊啊啊啊啊啊啊啊!"我看到她圆圆的肚子,也发出了一声尖叫。

她推了我一把,门像多米诺骨牌那样被带着合上了,留下我和她在狭小的空间里大眼瞪小眼。我没办法,只能紧紧盯着天花板,尽力不去看她的胸、屁股,还有孕妇才有的大肚子。让娜在外面把门敲得砰砰响。

"你们还好吗?"

"没事儿。"伊丽丝应着,"我以为看到了一只虫子什么的,应该是搞错了。"

"谁信啊?"我嘀咕了一句,"你怀孕了?"

她赶忙围上了一条浴巾:"没有。"

"哦——那抱歉,你肚子上长了个瘤子。"

---

① 俗称洋姜,一种菊科向日葵属宿根性草本植物,其地下块茎富含淀粉、菊糖,可以煮食或熬粥,腌制咸菜,晒制菊芋干,或作制取淀粉和酒精的原料。

她一句话没说，把我轰出了浴室。

我回了房间，觉得这个世界很疯狂，到处都是怪物。小时候我很叛逆，但心理医生和老师都希望我表现得像个正常人，好像这对他们来说很重要一样。一旦我做了什么怪事儿，或者没遵守哪条规定，他们就会叫住我，想尽一切办法要我变正常。不过越长大我就越明白自己不是怪人。在我看来，正常的标准实际上就是不要正常。

二十分钟后我们三个坐到了餐桌旁。伊丽丝头发和眼睛都是湿漉漉的，刚一坐下，她就说有事要说。

伊丽丝

三双眼睛同时扫射过来，我唯一能直视的只有布迪纳的目光，平时可不是这样。在心里预演过几十次的坦白场面，实际操作起来则要困难得多。不过仔细想来，这不过是我第二次当面向别人大方地公布这个消息。

"我怀孕了。"

"啊……怎么回事儿？"让娜吃了一惊。

迪欧笑了："很简单啊，爸爸把种子播进了妈妈的肚子里。"

让娜放下餐叉："年轻人，谢谢你的讲解。伊丽丝，你怀孕多久了？"

"马上六个月了。"

"你来这儿之前就怀上了？"

我点点头："对不起，一开始我就应该说的，但我害怕你不租给我，后来又一直没找到合适的机会。我考虑了很多次想告诉你们，但不知道怎么开口。"

让娜无言地看着我,目光让人捉摸不透。接着她站了起来,离开了餐厅,留下整盘一口未动的吃的。

"算啦,她会接受的……"迪欧还是一副嬉皮笑脸的样子。

"我也很抱歉,对你撒了谎。"

挖苦变成了惊讶。他挑挑眉毛,挤出一个似乎可以归类为微笑的表情。

"没关系,你也不容易,我又不怪你。"

我在厨房找到了让娜,她正疯狂地刷着锅,背驼着。这是我第一次发现,原来她已经这么老了。布迪纳乖巧地卧在主人的脚边。

"真的很抱歉,让娜。我也不喜欢撒谎,但我没有选择,你能原谅我吗?"

她深深地吸了一口气:"我以为自己已经过了心里那道坎。"

"你说什么?"

她放下洗碗海绵,擦了擦手,面向我:"我尝试过、努力过,但每当别人,甚至是我的亲戚朋友宣布自己怀孕了的时候,我的忧伤总会盖过我的喜悦。"

我想起了地下室里的婴儿床和毛绒小熊,还有我房间墙纸上的卡通云彩,忽然明白了什么。

"你没有生过孩……"

"没有。我们试过好多方法,这是我最大的心结。我原以为日子久了就会无所谓。但你别紧张,我过几天就会好的。"

她停下话头,沉默了片刻,又接着说:"你在这里想待多久就待多久,我不会过问你以前的生活,不过如果有一天你想通了想告诉我,我随时都洗耳恭听。"

她擦了一把眼泪,动作有些笨拙,我则勉强忍着不让泪水掉出来。迪欧推开厨房的门,手里端着吃得一干二净的盘子。

"我还想再盛点这个什么芋……哦！你们不会又要开始了吧！我从来没见过这么爱哭的人，你俩是不是眼泪失禁啊！"

让娜笑了，又给他舀了些焗菜。这平凡的家常情境，工作日的晚上，人们挤在厨房里，我看着，体验到了久违的家的温馨。

让娜

"伊丽丝怀孕了。"让娜开门见山。

她知道皮埃尔很喜欢听八卦，所以迫不及待要和他分享。他人的生活，特别是劲爆消息，虽不至于是他们最爱的话题，不过也占了两人聊天内容的很大一部分。

"我的反应不太好。"她沿着话头继续往下，"虽然马上改了过来，可怜的孩子，她心里肯定不好受。"

让娜的脑海中一直有段清晰的回忆，是关于自己怀孕的同事玛丽斯的。她们俩很要好，相识多年友谊深厚。但听到她怀孕的消息后，让娜成了唯一一个没有热情祝贺她的人。工作室的其他人都兴奋地拥抱着准妈妈，纷纷献上了真诚的祝福。让娜借口身体不舒服，仓皇逃离了现场。等到三天之后那股欢乐劲儿过去，她的难过也逐渐平息，这才回来上班，但心头的负罪感压得让娜喘不过气。她责备自己不能真心祝福他人，但她没办法，自身的不幸总是占据情感的中心，别人总能轻易拥有她得不到的东西。

终其一生，让娜始终渴望能有一个自己的孩子。童年时代母亲送过她一个瓷娃娃，小让娜给她取名为克洛迪娜。让娜用襁褓裹着她、给她喂奶、抱在怀里哄，像对待真的婴儿一样。

让娜的青春期笼罩在深刻的不安和躁动之下。她读童话故事，梦想有一天也能"嫁给王子，幸福快乐地生活在一起，生很多孩子"。

和皮埃尔相遇，生孩子的计划有了眉目。十五年里，他们都在尝试创造新的小生命，为此这对夫妇听取了旁人无数的建议：不要纠结、放松心情、只在特定时期或者用特定体位做爱、食补，等等。他们还咨询过专家、医生、气功大师，甚至去教堂求过子。他们无数次燃起希望，又无数次失望。两人分分合合、闹过矛盾，又重归于好。他们计算着日子、受孕的周期、服药的剂量，有什么反应症状。他们还把第三间卧室装饰了一番。让娜发疯般妒忌着那些孕妇，她们的肚子轻轻松松地就能鼓起来，但她的小腹却年复一年地平坦。

最后已经太晚了，没有希望了，备孕计划也全都告吹了，只剩无尽的遗憾，为不曾拥有、以后也无法得到的东西遗憾。希望幻灭后留下大块亟待填补的空虚，他们需要寻找其他的乐趣，需要建造一个不同寻常的家庭。同样，他们也需要尽量不去设想，如果有一个孩子，生活的面目会是怎样。

没有孩子这件事是让娜眼中的沙子，硌脚的石头，是生命无法和解之痛。

"我以为自己已经没事儿了，亲爱的。但其实遗憾一直都在，只是你离开以后，我自己承担下了。"

让娜过了很多年才理解妹妹路易丝想要丁克这件事。他们的父母亲戚、老师朋友，所有人都劝路易丝慎重，所有人都觉得这个决定不太明智。让娜的观念后来也发生了一些转变，她开始明白生孩子并不是女人的使命，她们为此遭受了太多的压力和指责。让娜和路易丝被问了无数次"什么时候生孩子"，因为各自的原因，姐妹俩都觉得不堪其扰。

让娜不想在低落的氛围中结束这次约会，于是拿出围裙开始缝

十二月

缝补补，心情也逐渐畅快了起来。她又讲起迪欧，讲那孩子做的巴黎—布雷斯特泡芙①有多么美味。

离开的时候让娜还去和西蒙娜打了招呼，她正和新来的访客聊得起劲。让娜忽然意识到，这是她第一次不需要费劲地去寻觅话题就能让对话继续了。

迪欧

每次我来看望我妈，总要在病房里放点音乐。她刚到这儿的那几天，我把唱片机和唱片都一起带来了。我妈以前喜欢听歌，一天到晚都要放，心情不同放的唱片就不一样。每次我放学回家，听到音乐就知道她心情什么样。如果放的是贝瑞·怀特、阿巴乐队或者马文·盖伊，那她心情就还不错，屋子也收拾好了。她哼着小曲儿，跳点小舞，还给我一个大大的拥抱，叫我"宝贝儿"；如果是妮娜·西蒙、琼尼·米歇尔或者艾拉·费兹杰拉的歌，那她必然坐在桌边，双眼无神，睫毛膏晕得一塌糊涂，面前一定还倒着一两个喝空了的酒瓶。

我只带了风格轻快的唱片到疗养院，我妈一辈子受的苦已经够多了。我不知道她听进去没有，甚至不知道她能不能听见。但放音乐也是为了我自己好，音乐是我们之间的联系，是属于过去的东西。

护士走进病房，哼着贝瑞·怀特的曲子。她告诉我栓塞的血块已经吸收了，病人经过治疗一定会好起来。我看着横在床上的那个人，闭着眼，嘴唇惨白，有些时候倒希望她别好起来。

---

① 也称为车轮泡芙。该甜点中间填充带有纹路的奶油，表面撒有杏仁片。起源于20世纪初，形状似自行车轮，以纪念环巴黎—布雷斯特自行车赛。

"我现在要帮病人排尿了,你要留在这儿吗?"

我妈成植物人以后,我能接受的东西多了很多,但屎尿屁这类的还不行。趁这个空当我跑去外面抽了根烟,每次来这儿看她就是我烟抽得最凶的时候。阳台上还有两个人,我都认识,全是病人家属。在这儿,在疗养院待着就像憋气潜水,有时你得换一下气,要不然是挺不过去的。

再回到病房,我妈已经被放到了扶手椅里,唱片也不转了。我换上阿巴乐队的歌,在她对面坐下来。墙上贴了张纸,还有一些照片。我是唯一一个来看她的人,我妈的朋友都被她丢在从前了。墙上好多她的照片,也有一些拍到了我,还有两张是她另外一个儿子的,他看起来还是个小屁孩儿。我没有他的近照,主要是他爸看管得太严了,我好不容易才跟他交上朋友呢。我妈怀他的时候我还没满八岁,还待在福利院里。因为这一点我哭了好几天,心里气呼呼的,甚至想撕烂这小浑蛋的脸,尽管他从来没招惹过我。我不懂为什么我妈想再生个小孩儿,不懂为什么她明明可以却没有把我带走。但过了一段时间之后她还是把我接了回去,法院也同意了,因为她戒了酒,还有了男人和孩子。那时小屁孩儿只有六个月大,我尽量不去喜欢他,努力恨他,恨他抢走了本就属于我的东西,但没能成功。我一说话他就冲我笑,还喜欢跟着我到处跑,甚至他先学会叫的不是"爸爸""妈妈",而是我的名字。我们俩睡同一间房,四口人一起在餐桌边吃饭,组成了一个小家庭,反正至少看起来是这样的。我妈的男人叫马克,很酷,等我写完作业就带我去看足球比赛。我亲爸在我出生没多久之后就死了,这么久以来,我还是第一次有了爸爸。总之,我们四个人的家庭生活相当幸福,但只维持了一年,我妈的酒瘾就又犯了。马克忍耐了几个月,终于明白她心里最重要的还是酒精,他就走了。他说会想办法把我也接过去,但我不愿意抛弃我妈。后来我又被送回了福利院,马克和我弟来看过我几次,再之后他们搬了家,信也写得少了,我根本不看,一切就这样结束了。

回家时,我的心情就像妮娜·西蒙的歌一样忧郁。伊丽丝和让娜坐在客厅里,我肚子不舒服想躺一会儿,没打招呼就回了房间。我还没来得及脱下外套,就有人哐哐敲起门来。是伊丽丝,她来叫我一起玩拼字游戏。

"谢谢,不了,我没兴趣。"

"来嘛,我刚刚输惨了。不如我俩从头开始玩?"

"我说了我不想。"

"好吧,今天的甜点你可没得吃了。"她依旧笑嘻嘻的。

"你做的甜点也没什么吃头,让我一个人安静会儿。"

"行吧,你说话能不这么冲吗?我是开玩笑的。"

我知道自己应该住嘴。我的怒气不是冲伊丽丝撒的,但她偏偏就站在我面前。

"我不需要一个未婚先孕的娘们儿来教育我。"

她的脸一下子涨得通红。

"你觉得自己有资格批评我?你算老几?"

"别来烦我!"

"哇,你就只会这句?我认输,你可真厉害。"

让娜大概听到了我们的拌嘴声,她走过来,满脸担忧,把我俩都看了一眼。接着老太太转向我,在我反应过来之前,一把把我搂进了怀里。

伊丽丝

我和梅乐约好在咖啡馆碰面,我先到一步,找了张桌子坐下来,刷了会儿 Instagram 打发时间。克莱蒙还在巴塔哥尼亚,那儿景色壮丽,居民也很友善。尽管弟弟的旅行经历十分精彩,但这仍旧没有激起我去远行的想法。仅有的几次旅行已让我感到心满意足,我从不厌倦回到熟悉的老地方。我是只绝了育的猫,永远不会离自己窝着的沙发太远。

"嗨,伊丽丝。"

梅乐在我对面一坐下,会面带来的紧张感随之消散。克莱蒙与我通话的第二天她就给我发了短信,说想和我聊聊。我了解梅乐,知道她的冷淡是故意表现出来的,实际上,她很高兴能和我重逢。

"我很抱歉,梅乐。"

"我也是,我应该理解你的。"

"我自己都没理解。"

"你知道他给我打电话了吗?"

我的心脏一下子几乎停跳。

"他借口要咨询一件案子。"她继续说,"但没说你离开的事。两年不见,他还是那么自大,架子端得老高,蠢货。"

她顿了顿:"现在我能说他是蠢货了吗?"

我笑起来:"'蠢货'都太轻了。"

"我很想你。"

"我也是。"

聊天的两小时过得太快了,我们又变得亲密如初,友谊也重回正轨。梅乐谈了她工作的律所,负责的案子,她的丈夫洛伊克,还

十二月

有他们的房子，六区的一套两居室。她还提起了玛丽、盖尔，她的父母，说起了从前的一切。她想知道我搬走后的所有细节，所有和杰雷米有关的事。

"你知道他会继续找你吗？"分别前她问我。

"这个我知道。"

"我学了半年的合气道，可以轻松踢爆他。"

"如果他敢来招惹我，那我们走着瞧。"

梅乐大笑。

"你应该起诉这个混账，伊丽丝，最好申请一下人身保护。"

"困难都会过去的，杰雷米的注意力也会转移的。他应该想不到我在巴黎，我选了这个人最多的城市，找我就像大海捞针。"

梅乐妥协了，嘴里还不忘骂骂咧咧。她压力一大就这样，像要克服某种吞咽障碍一般。离开之前她绕过桌子来拥抱我，我一点儿也没说自己怀孕的事，精彩总是要在最后登场。

"这是什么东西？"盯着我的大肚子，梅乐失声尖叫起来。

"我不知道，昨天晚上才长出来的。"

"天哪！我要当阿姨了！"

她再次紧紧抱住了我，说了好多遍祝福的话，末了补上一句："这孩子肯定没他爸爸那么蠢。"

回公寓的途中，我感觉仿佛从一场漫长的冬眠中苏醒过来。我总算重拾了之前丢失的人生，过去的几个月和我相伴的只有孤独，而现在和梅乐重逢，我又再次找回了自我。

我艰难地爬着楼梯，想着等会儿一定要吃个咖啡泡芙，那是迪欧昨晚为了赔罪特意带给我的。我本来觉得他是个小混球，但后来这小子解释说自己昨天过得很不顺。他没有继续解释，不过也没有必要再说什么。有些时候，我们看到的别人眼中的黑暗其实是我们自己内心的映射。

到四楼时手机显示收到了一条短信，我以为是梅乐的留言。等到看清屏幕上的号码时，我差点儿把电话摔在地上。

"宝贝，你在哪里？"

他知道我的新号码了。

让娜

让娜下了楼，正打算动身去墓园，忽然被维克多拦住了。

"佩兰太太，您能来一下吗？"

她扫了一眼手表，有些焦灼，公交车总是按点发车，想和皮埃尔多说会儿话，她就得及时赶到站台。

"不会太久的，我保证。"

她跟着门房进了底楼的房间，房间正对着小院子，布迪纳习惯性地把每个角落都闻了一遍。维克多默许小狗偷吃一些炸丸子，这丸子本来是给猫准备的。维克多养的猫眼睛看不见，后腿也有残疾，多亏做了手术和主人无微不至的照顾，它才活下来。维克多意识到小猫意志力确实顽强，不过他给出了一套自己的解释：四年前，他在家门口发现了这只暹罗猫，那时他母亲刚去世，他从医院回来，打算把猫赶走，却注意到它有斜视，和自己母亲一样。维克多的天主教信仰产生了一些小小的动摇，他相信这是母亲投胎成了短毛小猫，陪在了自己身边。

"是关于和您一起住的那位年轻女士的。"

"伊丽丝？"让娜有点诧异。

男人点点头，展露了一个确定性的微笑。

"我想请求她原谅。上次害她在楼梯上摔倒了，我心里很过意不去。如果不是我给地板打了蜡，就不会发生这档子事儿了。"

"我觉得她大概已经忘了。我真要走了，维克多。"

"您觉得她会喜欢花吗？"

让娜的态度缓和了下来，怜爱地拍了拍门房的肩膀："我认为，她这段时间应该还挺烦的，要是收到花肯定会很高兴，至于说其他回应，你也别抱太大希望。"

维克多脸上有了笑意："好的，我懂了。"

他陪让娜走到公寓大门。老太太正打算往公交车站走，他忽然又问，伊丽丝会不会更喜欢巧克力。

让娜要一路小跑才能勉强追上公交车，她在车门合拢的前一秒好歹挤了进去。她累得几乎喘不过气，好长时间才平复过来。车上没人想要给这位老太太让座，但她也不甚在意：反正马上就能见到皮埃尔了。

她到时，西蒙娜已经坐在长椅上了，但并不是只身一人。她身边还有一个络腮胡男人，两人正聊得起劲。让娜远远地看去，视线不是很清晰，但能辨认出西蒙娜之前就跟那个男人说过话。她走上前去，同他们问好。

"让娜，我介绍一下，这是里夏尔。"西蒙娜神色庄重，"里夏尔是玛蒂尔德的鳏夫，她葬在这条路尽头的墓穴里。"

接着她又转向里夏尔："这是让娜，我之前跟你提过的，皮埃尔的寡妇。"

让娜不知道怎么回应这种介绍方式。她想起小时候放学，来接孩子的家长们不称名字，而是称谁的妈妈或者谁的爸爸。让娜礼貌地点点头，走到丈夫身边，按捺不住心中的快乐，她要告诉他两个爆炸性新闻。

合租人颂歌

迪欧

我把自己关在房间里十多分钟了,不敢出去,有害怕的原因,更多是因为害臊。

之前伊丽丝让我教她做梨子巧克力布丁。今天我把原材料带回来,叫大家都到厨房来。伊丽丝很高兴,让娜很高兴,布迪纳很高兴,我也很高兴,梨子巧克力布丁就是世界和平的秘诀。

我让伊丽丝削梨子皮,叫让娜浸湿饼干。伊丽丝莫名其妙笑起来,我不知道为什么。我自己负责做奶油慕斯,正打算动手呢,忽然,惨剧发生了。

伊丽丝:"我手被割了。"

让娜说:"还挺深的。"

我:"我先撤了。"

我麻溜地摸出厨房,不敢回头多看一眼,害怕在饼干里找到一截切断的指头。

晕血这个事儿我没法子,从小就这样。它也不会提前通知,只要看到一滴血,我就会自动挂机。小时候我经常流鼻血,每次都眼冒金星,倒在地上摔个狗吃屎。一般来说,只要是关于身体的东西,都会让我紧张得不行。有次,我的一个心理医生想教我腹式呼吸,说这招儿可以让人平静。我跟他说这没用,但他坚持让我集中精神,体会空气进入嗓子和肺的感觉。等我一头栽在长毛地毯上,这人就再不充内行了。就是因为这一点,我从来没玩过《马布尔医生》[1],《人体大奇航》[2] 我也看不了。

---

[1] *Docteur Maboul*,一种少儿益智游戏,主要考验玩家的耐心和准确性。
[2] *Il était une fois... la Vie*,一部动画系列片。该系列片将人体内部细胞、系统等拟人化,寓教于乐,受到许多少年儿童的喜爱。

十二月

初中的时候学校里教我们初级急救。当我知道那是急救培训时我说谢谢，我不去了。接着我马上想到了我妈。出车祸的时候，要是有人给她做心肺复苏，她的脑子也许就不会缺氧那么久，也许她就有救了。最后我还是参加了急救培训，学会了怎么应对各种紧急情况：大出血、心脏骤停、中风、烧伤、割伤，一个都没落下。虽然我闭着眼睛的时候比睁着的时候多，但不管怎样，资格证最后还是拿到手了。

我打开房间门，外面静悄悄的。我叫了一声让娜，没人理我。我轻手轻脚地走到过道里，推开洗手间的门：洗手池里有一瓶消毒水和一盒绷带。我又喊伊丽丝和布迪纳，还是没有声音。我有点急了，伊丽丝可能伤得有点儿重，她们一起去医院了，而我却撇下两个老的不管。我走过客厅，想去厨房看看。这时正好听见她俩说悄悄话，要不然我还真就被骗了。我推门进去，眼前的景象让我永生难忘——伊丽丝和让娜躺在地上，眼睛闭着，身上洒遍了番茄酱，布迪纳在旁边忙着舔番茄酱呢。她们在憋笑，肚子一起一伏的。天哪，这俩女的，我真有点喜欢她们了。

伊丽丝

纳迪娅穿上了让娜特意做的裙子。裙子非常合身，仿佛出自秀场设计师之手。我带衣服给纳迪娅时她特别不好意思，坚持要付报酬，说至少布料的钱该她出。但在电话里，我的房东态度相当坚决，只愿意接受口头道谢。纳迪娅无可奈何，只好在我包里塞了几块今早准备的甜点。我也很清楚，如果不想被她用轮椅压扁，最好还是乖乖收下。

"我的披风在群里出名啦——"她脸上带着骄傲的笑容。

"什么群?"

"病友群,我没说过吗?确诊以后我就加进去了,跟里面的人有共同话题嘛。群里有用的消息还挺多的,虽然有些消息看着也难受。不过话说回来,群友都很喜欢这披风。有些专卖店里也有,不过都没我的好看!"

她伸出手想要拿起桌上的杯子,不过很快杯子又从手里滑落了下去。纳迪娅做了个鬼脸。

"您不舒服吗?"

"落枕啦,应该是睡姿不对。"

"我帮您按摩一下吧。"

"您还会按摩?"

我扶她躺下,任手在她背上游走,找回熟悉的手法力道。我专挑不痛的地方,轻柔地按压着她的肌肉,左右掰她的头。几分钟过后,我感觉到手下的那些痉挛着的肌肉松弛了下来。

"落枕就像大抽筋。"我捏着她的斜方肌,这样解释道,"琼斯按摩法对止痛、活血化瘀都很有效。"

纳迪娅抬眼看着我:"伊丽丝,这些您是怎么知道的?"

"我学过一些理疗知识。"

"那为什么不做理疗师呢?"

为了转移话题,我扶纳迪娅从床上坐起来。她小心翼翼转了转脑袋,动作幅度似乎比之前大了一些。

"虽然还有点酸痛,但是要比之前好多了。我家洗手池有点漏水,您会修下水管道吗?"

"当然咯!我还会理发呢,不过要是理出一个狗啃式,我可不负责。"

十二月

　　她笑了,没再提我那个敏感话题。之前有过一次,纳迪娅对我说我们都是一类人,我当时没有明白她的意思,后来她跟我讲了自己过去的事,她说:"受过苦的女人之间有心灵感应,能够认出彼此。"

　　我不想说的事她从来不会深究,随着我们关系日益紧密,也许有一天,我会选择对她敞开心扉。

　　门砰的一下被推开,她儿子闯了进来。他放下背上的书包,走过来亲了亲她妈妈的脸颊,接着用一种很诡异的眼神盯着我,就像第一次见我这个人一样。

　　"你肚子里怀着宝宝吗?"

　　"不是,里面都是巧克力。"

　　他妈妈的眼睛黏在我肚皮上不动了。纳迪娅的眼睛越睁越大,她伸手捂住了自己的嘴:"天!我怎么一点儿都没注意?!"

　　我没有否认,也否认不了,毕竟我肚子现在大得可以把卡戴珊[①]她们一家都装进去了。

　　"你结婚了?"雷奥问我。

　　纳迪娅开始教育孩子,说不能向陌生人这么冒犯提问,他反驳说我不是"陌生人"。在他们争论的当儿,我的思绪已经飞远,飞到了口袋里的手机屏幕上。那上面显示着,杰雷米又给我发了几十条短信。

[①] 卡戴珊家族,纽约名媛家族。该家族在美国娱乐、时装设计和商业领域享有很高的声望和地位,被称为娱乐圈的肯尼迪家族,并以人丁兴旺、关系复杂及诸多戏剧性的情感纠葛著称。

让娜

让娜合上双眼，嗅闻着冷杉的气味，感觉像回到了童年。她一直很喜欢圣诞节，和妹妹从将临期①的第一天起就开始期待。过节意味着团圆，意味着一大家子人团聚在阿德莱德姑姑的大房子里。为了度过难熬的等待时间，让娜用收集了一年的巧克力包装纸做彩环和银星来装饰家里的墙壁和家具。圣诞节前夜，二十多个家族成员欢聚一堂：女人们有说有笑，准备着圣诞大餐；男人们生起壁炉的火，修剪冬青树的枝杈来装饰餐桌；让娜则和堂兄妹们造起圣诞马槽，还放上一些玩具小人做装饰。一起享用完烤鸡、树桩蛋糕和松露巧克力后，大家就穿戴暖和，到教堂望午夜弥撒。关于那之后的几个夜晚，让娜同样存留着清晰的记忆：七个堂兄妹乱七八糟地躺在两张床上，保证自己会乖乖睡觉——实际上从没做到过，因为忙着逮圣诞老人。他们往往天不亮就爬起来，争着要看自己靴子里有什么礼物。有一年，让娜收到了一只洋娃娃，娃娃放平的时候眼皮能合上。这个娃娃她现在还留着，就放在卧室的衣柜顶上。尽管让娜从来都没信过圣诞老人的传说，但她还是喜欢收礼物。她懂得，礼物是父母辛苦攒钱买的，礼物的背后是牺牲和关怀。以前的圣诞节热闹欢腾，衬得如今的寂静更加清冷。不过幸好，今晚还有两个同样孤独的人陪她。

"我把冬青放哪儿？"迪欧问道。

让娜拿起一根枝丫，摆到了餐桌正中。

---

① 又称降临节（拉丁文：Adventus；英文：Advent），是基督信徒的重要节期，欢庆耶稣圣诞前的准备期与等待期。将临期起自圣诞节前四周，由最接近十一月三十日的周日算起直到圣诞节。西方基督教教会历一年始于将临期的第一个周日（东正教教会历一年则始于九月一日）。

十二月

  这是皮埃尔不在的第一个圣诞节,他生前和让娜一样,也很喜欢这个节日。让娜有段时间很害怕,害怕没有孩子会影响夫妻之间的感情,但事实证明不是这样。他们俩习惯一起在巴黎大街上游荡,欣赏夜晚辉煌的灯火,会在圣诞前夜烹饪一顿大餐然后美美享用。一起生活几十年,要送点有新意的礼物可不容易,但他们俩都有信心,因为给予所爱之人惊喜、感受对方感动的神色所带来的欣慰与满足是无可替代的。

  让娜喝了一口香槟,咽掉喉咙里的苦水,坐到桌边。伊丽丝和迪欧坚持要揽下所有的活儿,让娜好不容易进客厅来看看,毕竟两个年轻人负责不是太能让人放心。

  "谁开的牡蛎?"让娜擦掉舌头上的牡蛎碎壳。

  "我开的,但我以前没干过这活儿嘛!兄弟!"迪欧辩解道。

  "兄弟?"让娜被噎了一下。

  "抱歉,这是个流行语,我叫所有人都这样。主要是我不知道你平时都怎么吃这玩意儿,这东西狗都不吃,我的脏鞋子都比这香。"

  主菜相比起来就受欢迎多了,鸡肉很嫩,栗子也入味。

  "现在才十点,"吃完晚餐,让娜擦擦嘴,"一顿合格的圣诞大餐在午夜之前是不会结束的。不如我们玩会儿桌游,晚点再吃甜点怎么样?"

  "没问题!"迪欧翻了个白眼,"不如玩跳窗出逃的游戏?"

  "你对游戏这么热心真是难得。"伊丽丝说,"这就是圣诞节的魅力吗?"

  趁着让娜起身去玄关那儿拿道具,迪欧冲伊丽丝竖了个中指,她报以清纯一笑。让娜回来时手上托着一个圆盘,上面放着绿色的垫子,还有五枚骰子。

合租人颂歌

"我们来玩'快艇骰子'①吧!"让娜提议道。

前两盘迪欧把对手打得落花流水,后来他承认,自己其实挺喜欢这个游戏的。之后形势发生了逆转,年轻男人输得懊丧不已。零点已经快到了,让娜摇动骰子,摇出了五个一样的点数。

"快艇!"她振臂高呼,"我赢了!"

"我真无语。"迪欧嘀咕着。

"你说什么?"让娜以为自己听错了。

"我说我真的无语,就是我要晕死了。"

"天,我还没中风呢,真是听不懂现在年轻人说的话。"

伊丽丝爆笑起来:"他的意思是自己输了,很郁闷。"

"我没输,我是第二名。你才输了。"

"你再多玩几把,我输的就不是游戏,而是孩子②了。"

面对伊丽丝的恶趣味,迪欧和让娜同时大笑了起来。为了转移注意力,伊丽丝从椅子上挂着的提包里拿出了两件礼物,分别递给面前两个人:"不是什么大礼,不过,圣诞快乐!"

迪欧的礼物是一张海报,上面画着各种经典的法式甜点。让娜则收到了一个小软垫,方便她把所有的针插在上面。两个人都道了谢,接着让娜小跑回房间,也拿出了自己的礼物。

"哇!"展开手里的黑色长裙,伊丽丝显然被感动了。

让娜还补充说这不是束腰的,一直穿到预产期都没问题。迪欧的礼物则是一件褐色的运动衫和一条烘焙时可系的围裙。他跟她们

---

① 这个游戏由早期的骰子游戏"Yacht 快艇"演变而来。每位玩家掷五枚骰子,总和最高为起始玩家,其他人依顺时针方向回合制将骰子掷入骰杯,摇动后翻开。每个回合最多可摇三次,第一次摇出后,玩家可以选择任意数量的骰子掷回骰杯;第二次摇后,玩家可以再次重摇;最后一次摇完后计总分。

② 此处主人公玩了一个文字游戏。法语"输"(perdre)也有"失去"的意思,"perdre des eaux"表示"羊水破了",和前文的"perdre les jeux"(输掉游戏)押韵。

122

说谢谢,又摇摇头表示自己什么都没准备。

"不好意思,我没有圣诞节送礼物的习惯,也没收到过什么圣诞礼物,就当烤的这个树桩蛋糕是我的礼物吧。"

让娜摇摇头,语调充满责备的意味:"你确实应该说对不起,兄弟,我真的无语。"

迪欧

街上满是庆祝新年的人,监狱放人了都没这么夸张,过个节,像到了新的一年一切就会有什么变化一样。我妈总是把新年当借口喝得烂醉,好像下决心变好,变好之前先放纵一把,实际上决心从来没实现过。福利院的人都喜欢过新年,还办跨年晚会,大家都不爱过圣诞,晚会就成了一件大事儿。我呢,装作对一切都很不耐烦,装着装着自己也就信了。今天没找到人一起跨年,我不知道自己为什么因为这一点烦躁起来。

我在床上翻来覆去,无聊得用手机追起了剧。有人轻轻敲了敲门,肯定是让娜,伊丽丝去朋友家跨年了。

"我准备了扇贝和白葡萄酒,一起吃点儿吗?"

她穿着一条晚礼裙,还化了妆,看起来很漂亮。

"不好意思,我穿的运动裤。"

"没事儿,这样就挺好的,我再给你加点小配饰就行了。"

五分钟之后,我穿着卫裤、T恤坐到了餐桌旁,脖子上拴了一个黑色蝴蝶结。

这还是我俩第一次这样单独相处。我不太懂怎么跟老太太聊天,她也一直是跟伊丽丝和我两个人说话,所以现在也很尴尬。她给我讲之前和皮埃尔一起过的新年,他俩喜欢去人多的地方,餐厅、舞厅之类的,几十个人在零点大喊"新年快乐"。让娜看起来满脸怀念,时不时望着空气出神。

我很喜欢让娜,她很快在我心里变得重要起来。这个人没有心眼儿,也不费劲讨别人欢心,只做自己,现在这样的人可不多了。老太太又喝了一杯,我忍不住数了数,这是第三杯了。

"再来一杯?"

"谢谢,不了。"

我控制着不喝醉,只有一次,我醉得神志不清、手舞足蹈,酒醒之后还挺后怕的。

"我和皮埃尔有个习惯。"让娜说,"每年十二月三十一日,我们会在纸上写下这一年里发生的好事,然后把纸折好放进我们卧室的瓶子里;接着又在一张纸上写下所有不好的、我们想留在过去的事,然后我们一起把这张纸点燃烧掉。你想试试吗?"

我没什么想法,这个提议我不讨厌,但也说不上喜欢,做与不做没什么区别,于是我就答应了。

写好事时,我们聊了一会儿。我的工作、在这里租到一间房,是我清单上的。离开福利院也算,但某种意义上说这也是一件坏事。让娜说她年初去阿尔萨斯小住了几周,那时皮埃尔还在世。

写不好的事时,我们则没什么交流。感觉好像在上学,我用胳膊挡住答案不让让娜抄,不过她也差不多,拿手遮住不让我看。写完之后我们把纸片折起来,在水槽里烧掉了。让娜不想让人看见自己在哭,眼泪流出来之前就抬手擦了。我也假装没看见,但心里面却抽痛了一下,只能轻轻拍拍她的肩膀。这让她打了个趔趄,大概我太使劲了。

"我刚才没告诉你,迪欧,在好事那边,我写了你和伊丽丝的名字。接受你们住进来，我花了点儿工夫，但现在，我很高兴有你们陪在身边。你是个好孩子。"

听到这里，不知道为什么，我忽然像个小孩儿一样大哭起来。让娜把我搂在怀里，就好像在往自贩机里扔硬币，放出来的饮料是我的眼泪，停不下来。这就是我总是忍着不哭的原因，一旦开始我就止不住。

我全都跟她说了：我妈酗酒、福利院、玛农、我早死的爹、我妈生的儿子，还有她的那场车祸。让娜没有发表一句评论，她只是不停地递来纸巾，摸摸我的脸，但我知道她都明白，她什么都懂。太奇怪了，有人分担痛苦，我感觉好受多了。

零点到了，我们看着电视上的倒数，和尼科·阿利亚加[①]还有阿蒂尔[②]一起，祝对方新年快乐，然后我们各自回房睡觉。我关门，划亮手机，一条短信跳了出来："新年快乐，迪欧！祝你身体健康，财源滚滚，还有，早日脱单——蕾拉。"

伊丽丝

我犹豫要不要接受梅乐的跨年邀约，意识到恐惧才是那个最大的阻碍后，我决定去了。我知道梅乐邀了很多人，而我一个都不认识。"不应让他人构成一种对自身的威胁"，参会前几个小时我都在心中默念这句话，但当摁上门铃的那一刻，好不容易鼓足的勇气还是弃我而去了。

[①] Nikos Aliagas，法国演员，代表作有《80年代巨星》《好运》等。
[②] Arthur，真名雅克·艾斯巴格（Jacques Essebag），法国著名电视节目主持人。

手还没来得及收回去,门就忽地开了,一群人不由分说朝我拥过来,叽叽喳喳几乎快震破了我的耳膜。我没想到能再见到玛丽和盖尔,我的两个好朋友此刻正热烈地拥抱着我。

　　"我可一点儿都不想你。"盖尔说。

　　"见到你我可一点儿都不高兴。"玛丽补了一句。

　　梅乐加进来充当和事佬,为我说好话。而我,长久的恐惧终于消失,取而代之的是久别重逢的欣喜。

　　来的客人很多,但这一刻世上仿佛只有我们四个。我们企图用两小时的时间弥补失去的两年:我们语速如飞、笑声喧天;我们互相依偎拥抱、打量彼此,好像要确认这一幕是真的,我们又在一起了,像从前那样。

　　"你打算给孩子起什么名字?"玛丽问我。

　　"想了几个,但还没决定。"

　　"好好考虑一下教母的事儿。"盖尔笑容灿烂,"提醒一下,我女儿是你的教女,懂我的意思了吧?"

　　我挑了挑眉毛:"不太懂,你是想说梅乐或者玛丽吗?"

　　"可怜的宝宝——"盖尔叹气,"还没出生呢,就要被虐待了。"

　　玛丽转向我:"你要告诉那个人吗?"

　　三个好友观察着我的反应。每次想到这一点,我都会一阵心悸。

　　"他已经知道了。"

　　"如果他要求抚养权呢?或者轮流监护孩子呢?"梅乐问道。

　　"我觉得不会。"

　　"为了恶心你他做得出来。"盖尔的语气很笃定。

　　我的喜悦被焦虑取代了。她们三个发现之后,争着要比谁先让

十二月

我高兴起来,最后是玛丽的"夏奇拉①模仿秀"拔得头筹。

梅乐和洛伊克的朋友们都靠了过来,其中有个人目不转睛地盯着我看,这让我尴尬。我几乎都想问他:请问您是想要我五分熟还是七分熟呢?

"跳个舞吗?"观察了好几分钟后,他终于向我发出邀请。

"谢谢,不用了。我跳舞笨得像头大象。"

他笑起来。我感觉也轻松了一些,聊天没什么好紧张的,别人也对我构不成威胁。

"你是梅乐的朋友吗?"

"对,小时候就是朋友。你呢?"

"我和洛伊克在同一家律所上班。你也是律师吗?"

"不是,我是护工。"

他的态度转变得悄无声息,不过我还是敏锐地捕捉到了一丝端倪。男人又说了几句客套话,然后就借口要去拿杯酒喝,离开了。

"我没法把他踢出去。"梅乐走到我身后,"这人是个花花公子,只会用下半身思考,是洛伊克坚持要请他来的。"

"别担心,我和他说话只是出于礼貌。我宁愿头顶生疮脚下流脓,也不想再谈什么恋爱了。"

"要到十二点了!"洛伊克大声喊道。

大家开始齐声倒数。我在心里回想着过去的一年,只想留住那些美好的光景。新的一年我要努力奋斗,就算置身黑暗仍要心向光明;新的一年我要拒绝消沉,珍惜眼前的自由和幸福。同样的,我也想记住那些不好的事,它们衬托得好事更好、美事更美。最重要的是,今年我的肚子里孕育了一个小宝宝,他给予了我一个关于未

---

① 全名夏奇拉·伊莎贝尔·迈巴拉克·里波尔(Shakira Isabel Mebarak Ripoll),哥伦比亚歌手、词曲作者。2010年,夏奇拉献唱南非世界杯主题曲 *Waka waka* 并在闭幕式上演出。

来的愿景，他让我内心平静，脸上时常满溢微笑。新的一年我即使哭泣也要展露笑颜，要发现隐藏的美好；新的一年我要开启新的生活，让生活充满新的乐趣。

新年快乐！

00：01

一条新短信。

"今年是我们的大日子，我已经等不及要成为你的丈夫了。祝你新年快乐，万事如意，宝贝。"

Janvier

一月

一月

让娜

让娜对于新年的礼俗总是欣然接受。她有每个月定期给一家慈善协会捐款的习惯,最近这家协会送了一些新年贺卡过来,于是让娜在上面写满了祝福,送给了亲友。这个名单已经很多年没变动了:堂姐苏珊、堂兄雅克、给她做全科检查的医生、她的肿瘤医生、现在住在南部的朋友玛丽斯、她的侄子侄女们、以前的同事们……让娜还给了维克多一个新年红包,但没有接受他一起喝咖啡的邀请。因为今天她想在看皮埃尔之前,先去拜访一下自己的妹妹路易丝。

让娜一直对看望路易丝这件事心存畏惧。这么多年她总是想方设法地推托掉,但现在看来所有的借口已经用尽,她不得不去一趟。

路易丝就葬在离皮埃尔两条巷道远的地方。她已经去世五年,让娜却还没有习惯她的离开。让娜生病期间,皮埃尔和路易丝就是她的精神支柱。她们的母亲和姨妈都是因为乳腺癌走的,这两姐妹也没能幸免。让娜的症状才刚好转一点儿,路易丝就发现自己的腋下长了一个肿块,她的病情很快就恶化了。

让娜一辈子没怎么想要交朋友,丈夫和妹妹的陪伴对她来说就已经足够。她当然喜欢和同事们待在一起,和其中的一些人甚至建立了比较亲密的关系;她也喜欢结识新面孔,喜欢和经常碰面的熟人交朋友,还有那些商贩、周围的邻居,但让娜社交圈子的中心仍然是皮埃尔和路易丝。

让娜两岁时路易丝出生了,这个婴儿很快成了她的分身、她的小跟班、她形影不离的密友。让娜到巴黎工作,路易丝也跟着一起来了,还在乐蓬马歇百货①的服装专柜找了个差事。当时姐妹俩合住一个用人房,但从来不嫌挤。这是她们的小窝,她们的安乐乡,每晚回家,她们谈天、大笑,无比幸福自在。就算后来各自遇到真爱,她们俩的关系也没疏远过。

正是有了生命中这些不可或缺的存在,这些漫长人生中比肩同行的存在,人的外延才得以变得更为宽广。路易丝不是让娜的一个家庭成员,而是让娜身体的一部分,像她的手脚一般密不可分。对于让娜来说,氧气、血液、妹妹就是她生存的三要素,她从没想过有一天会失去这最亲的一部分。

让娜把花篮摆在墓碑前,路易丝的名字刻在她丈夫罗歇的下方。
"又见面了,我的好妹妹!"让娜说。

接着她去看望皮埃尔,走在路上,她忽然打了个寒噤:从今以后,她看望得更多的不是活人,而是死人了。

西蒙娜一如既往地坐在长椅上,这次身边没有之前那个新朋友。
"新年快乐,万事如意!"她对让娜说着,后者走到了她身边。
"谢谢,西蒙娜,祝您新年快乐,身体健康。如果愿意的话,祝您觅得良缘……"

话音还未落她就后悔了,西蒙娜却笑声朗朗:"我有时也喜欢和人暧昧,但总归没有继续下去。我八十二岁了,太老了。我天天来这儿看我丈夫,都看了十五年了。不过说到这里,那么我也祝……"

她忽然停下话头,笑容有些尴尬。

---

① Le Bon Marché,被认为是世界上第一家百货公司,也是巴黎首座经过特别设计的商店建筑,由维多(Videau)兄弟于 1838 年创建,1984 年成为高档豪华百货商店。

"嗯？"

"也许您会觉得我冒昧，不过我倒是希望有人趁我还年轻的时候，事情还有转机的时候，告诉我这个道理呢。好了，现在说到我的祝福。我祝您以后不要每天都来这里，因为墓园是给死人修的。而生活，生活就在这门的外面。"

迪欧

经过两周假期的放纵，我又开始上折磨人的空手道课了。我的胃忙着消化晚饭，而脑子只想着三天后的甜点师大赛，因此没注意教练在说些什么，老是做错动作，逗得山姆笑嘻嘻的。看得出来，这小子大概把对我的尊重和树桩蛋糕一块儿吃了。我乱加动作，做得也很夸张，不过老实说，比起在榻榻米上兜圈子，我干这个可能更在行一点儿。我妈常说我的守护神不是什么仙女，而是马戏团小丑。她越生气我就越出奇，大多数时候都能把她逗笑。如果她板着脸不笑，我心里就很不好受。

"五十个俯卧撑！"教练指着我俩命令道。

我总觉得教练在盯着我们看，但考虑到他有斜视，我决定转过身来确认一下。我们身后一个人没有。教练想处罚我俩，因为我们在他课上捣蛋。山姆趴下做起了俯卧撑。我假装没看见，就像不关自己的事一样，希望可以蒙混过关。

教练走过来，脸上带着法制节目里连环杀手才有的冷酷表情。我恨不得立马逃走，无奈双腿不听使唤，大概它们也看过那些法制节目，吓软了。他在我几步远的地方停了下来。

"你加到一百个。"

我没得选。

我才刚趴下,山姆就已经做完了。这小子给我打气,但做到第三十个时,我感觉胳膊快不是自己的了。谢谢你山姆,加油加得不错,不过别加了,你哥我的身体素质现在还不如一辆破自行车。

教练夸我做得不错,我不知道他到底是在嘲讽我还是真心的。山姆冲我眨眨眼睛:"不好意思,早知道你手劲儿这么小,我就不会笑得那么大声了。"

"小马屁精。"

他笑得更欢了,但这次没出声,只是身子一抽一抽的。

下课之后,教练走过来,他告诉我学空手道不是小孩儿过家家,这不是一项容易的运动,空手道是一种生活方式,最重要的是心存敬畏,空手道可以使人变得强大。

我出来时大家都已经走了。外面很冷,我的胳膊也没了知觉。不过回家之前,我还有件事要做,需要绕个路。

一路上我还想着甜点师大赛的事,为这件事我已经好几天没睡好觉了。菲利普给了我很大的压力。我知道,自己如果没选上,他的日子就会变得很不好过。我后来得知,菲利普几年前也参加过这个比赛,但被刷了下来。娜塔莉同样也有点儿魔怔,她跟所有客人都说了我要参赛的事,还用一种甜蜜蜜的语气和我说话,就像对待一条吉娃娃狗一样。至于蕾拉,我压根不敢看她的眼睛,害怕看到她目光里的期待。我以前也有过怯场,不过这次,我是直接吓瘫了。

我拐进孔多塞大街,那儿有一辆摩托车,就在我之前停车的地方。我在这儿睡过多少次?我不知道。我在原地站了一会儿,然后就回去了。那所带蓝色百叶窗的房子一直在那儿。

一月

伊丽丝

我很久没有被这样狂热地吻过了。我不知道是怎么到这一步的,天色太暗,我来不及看清对方的五官,也不知道他的姓名。但我首先感受到了拂过嘴唇的鼻息,然后是灼热的嘴唇,舌头湿软,急切地舔舐着我的口鼻、我的下颌、我的眼皮。

"够了,布迪纳!"

小狗跨坐在我的脸上舔个不停,打破了我这个奇怪的梦境。三个月前搬来这里时,我的确希望能够和它好好相处,但并没有打算发展到如此深入的地步:我俨然成了这狗最好的朋友。它一天到晚在我屁股后面转圈,看我的眼神饱含深情,近乎哀求。虽然这并没有给我带来什么困扰,但有些时候,在一些特定的场合,我还是希望它能放我自己安静一会儿,就比如说上厕所的时候。

我大概是睡觉前没把门关严实,本来还能再多睡一会儿的。我已经到了孕晚期,肚子越来越大,睡眠却越来越浅。在这之前我都没怎么遭过怀孕的罪,到后来才发现是累积到最后一段时间集中爆发了。我什么毛病都有:泛酸干呕、脚趾肿胀、休息不好、尿频尿急、坐骨神经痛、长了许多妊娠纹。

"你想散散步吗?"

布迪纳摇摇尾巴,我默认它同意了。让娜今早约了人见面,应该没时间遛狗。

我每次下这天杀的楼梯都小心翼翼,一只手紧紧把好扶手,避免重现"精彩"的花滑场面,另一只手空出来抱着布迪纳。这台阶比它身子还高,没人抱着的话,它只能一路滚下去了。我好不容易下到底楼,已经是气喘吁吁汗流浃背。

我们就在附近的街区转了转。我习惯这里的生活了,从一开始

135

的全然陌生,到熟悉这里的声响、气味、建筑的外观。从前我一直认为自己抗拒转变,觉得"家"是承载记忆和习惯的地方。但后来住到这里我才终于意识到,我所在的地方其实就是"家"。就在这个街区、这条路、这栋大楼、这套公寓、这间房间里,在这个曾经陌生的地方,我找到了一个"家"。

我感觉肚子空空,于是信步走进了迪欧工作的面包店。一个年轻姑娘正招呼着前面的顾客,接着问我有什么需要。

"您好,麻烦要一个巧克包[1]。"

她看着我,就好像我刚刚说了骂人的话一样。这里不是西南地区,来到巴黎之后我注意到,每次这个词一说出口,周围人就会面露惊色。

"我们这儿不卖巧克包。"她笑得很俏皮,"我建议您来一个巧克力面包,它味道更好。"

我被她的幽默感染,也跟着玩起了文字游戏:"巧克力面包?意思是夹了巧克力的面包?不,我就要一个巧克包,你们店里明明有很多啊!"

"或者,我推荐您试试这个葡萄包。"她说着,拿出了一个葡萄干面包。

迪欧显然听出了我的声音,从后厨钻了个脑袋出来。

"蕾拉,这女的不是本地人。她马上就要让你给她拿个口袋装上,然后祝你生活倍儿愉快。"

我揣着我的巧克包回了公寓,看到门房正忙着擦窗玻璃。

"嗨,今年还是第一次见呢。祝您新年快乐、身体健康、工作

---

[1] 由于地域差异,法国西南地区(图卢兹、波尔多等地)会将巧克力面包称为"chocolatine",其他大多数地区(包括巴黎在内)称其为"pain au chocolat"。在本书中,统一将"chocolatine"译为巧克包,将"pain au chocolat"译为巧克力面包。

顺利、桃花朵朵、生活幸福……"

"谢谢,维克多,也祝您新年快乐,一切都好。"

他立在门口,对着我傻笑。我的肚子这时咕咕叫了起来。

"不好意思,借过一下!"

他的脸唰的一下红了,连忙挪位。

"对了。"我进门的时候他像想起了什么一样,"信箱上没有贴您的名字,但邮差留了一封给'伊丽丝·杜安'女士的信,这是您吗?"

这次换我愣住了。没有人知道我这个新地址,薪水我也是直接从公司那儿领的,但我给母亲用支票转过一笔账,支票是用信封寄去的。

维克多转身钻进自己的住所,片刻之后拿着一个信封走了出来,手里同时还有一盒巧克力。

"不是什么贵重的礼物。"他含混不清地说着,递给我,"就是单纯地想送您点儿糖。"

我心不在焉地说了声谢谢,一心只想弄清楚信是谁写的。打开发现是母亲的字迹,我松了口气,维克多在一边逗着布迪纳玩。信里有一张新年贺卡,上面粘着一枚便利贴。

  我犹豫着要不要把贺卡寄给你,但既然它已经寄到家里来了……
  是杰雷米寄的。
  如果你不想看,不用勉强自己。
  爱你的妈妈。

贺卡上绘着一头金色的小鹿,站在雪地里,上面还有"万事如意"的题词。

> 我的宝贝,
> 你不在的每分每秒我都在想你、想我们的婚礼。
> 我迫不及待地想和你结成伴侣。
> 我理解你的疑虑,
> 结婚之前都会这样,这很正常。
> 给我打个电话吧,我保证会让你放心。
> 我爱你胜过爱自己的生命。
>
> ——杰雷米

让娜

让娜回到家,看见伊丽丝在客厅里,正小口地啃着一块巧克力面包。让娜很庆幸孕妇没问自己看眼科大夫的事,她从来就不会撒谎,跟灵媒的会面她还是想尽可能地保密,不愿外人对此事说三道四,劝她放弃。咨询费用已经累积成了一笔沉重的开支,让娜卖了几件金首饰,缓解了一部分压力。好几次在首饰店的时候,她都想说自己不卖了。这些首饰对她而言都具有特殊意义:受洗礼的圣牌、皮埃尔送她的手镯……但她宁愿和皮埃尔保持着当下的联系,也不想仅靠几件旧物相思。

她和伊丽丝扯了几句有的没的,后者显然也无心谈话。让娜回到房间,手攥住大衣口袋里的方才收到的信。

最近一段时间,来信越来越少了,因此也显得尤为珍贵。她紧挨着床边的扶手椅坐下,让布迪纳跳上膝头,接着便开始读信。

一月

2015 年冬

让娜结束了最后一次化疗。最近这几个月以来,她一直在和乳腺癌斗争抗衡。皮埃尔一直陪在她身旁,每次会诊、检查都和她一起。让娜的头发早已掉光,这是第一次她不戴假发就出了门。头皮已有新的绒毛开始冒头,呈现出漂亮的银灰色,让娜决定不再遮遮掩掩。他们从医院出来步行回家,散步对病人的健康有好处。让娜知道,受治疗的副作用影响,接下来的几天会过得十分痛苦。路上两人碰到了邻居帕泰尔太太,她知道让娜生了病,但仍然忍不住要对病人的发型指指点点,"像个男人一样",她这般评价道。让娜没有反驳,那不符合她的秉性。皮埃尔也不是那种性格的人,但针对妻子的恶语极大地刺痛了他,男人毫不客气地反驳了回去:"长得好看才能驾驭住这么男性化的发型,因此我建议您还是别尝试了。"

回忆起这桩趣事的后续,让娜不禁莞尔。他们的好邻居脸色倏地变得惨白,咬了咬嘴唇,一言不发地继续赶路了。夫妻俩哈哈大笑起来,像恶作剧得逞的小混混儿一样。自那之后,再碰到帕泰尔太太,他们也还若无其事地和她打招呼,只是对方再也没有回应过。

她和皮埃尔曾经那样肆无忌惮地大笑过——他俩都是人生在世、身不由己的那类人,却深谙讽刺和幽默的艺术。他们是对方最好的听众。两人时常觉得跟同龄人相比,自己衰老的好像只有身体。他们是困在成年人躯壳中的孩子,从不梦想跳出藩篱,长大成人。

让娜打算把信折好,但一个细节引起了她的注意。她又看了一遍,每一句都斟酌再三,好找出端倪。最后,她在第八句上停了下来,不由得又读了一遍。现在,她清楚寄件人到底是谁了。

迪欧

这一天终于还是来了。考场设在库尔贝瓦①的费尔马德烘焙学校。我原本打算赶地铁,但菲利普非要开车送我。我还是第一次在面包店以外的地方见到他,感觉怪怪的。蕾拉今天不上班,所以也想跟着一起来。我爬上前座系好安全带,不敢说自己坐后面会晕车。今早因为紧张,我什么东西都没吃,就算晕车,我想应该也不至于吐吧。

菲利普大概嫌我压力还不够大,一脸轻松地说,如果我这场和下一场都赢了,就能直接进入全国总决赛。

"之前没告诉你是怕你慌,不过现在必须得给你说一声了。"

"有道理啊,就应该正巧在比赛前告诉我。"

我察觉到蕾拉的手摸上了我的肩膀,在那里停留了几秒,我来不及做什么反应。透过后视镜,我看到伊丽丝在冲我笑,让娜看着窗边闪过的风景。她俩都坚持要陪我。压力真大,我知道自己赢不了。我试着把脑子放空,结果把自己搞得更紧张了。

参赛的有三十来个学徒,我是唯一一个拖着一大群跟班来的,他们要么是真不紧张,要么就是定力比我强,天塌了眼睛都不会眨一下。我们在院子里等了一会儿,因为出了点小岔子,有个考官还没到。我被四个人围在中间,其他参赛者要么是一个人来的,要么只有师傅陪着。我觉得有点儿丢人,但鉴于生平第一次有这样的待遇,我决定还是不抱怨的好。

门开了,我们可以进去了。负责我的考官说只能有一个人陪同。菲利普没让我选,径直就跟着我进去了。

---

① Courbevoie,法兰西岛大区上塞纳省的一个市镇,位于巴黎的郊区。

蕾拉又拍了拍我的肩膀,这一次我握住了她的手。伊丽丝祝我好运,让娜叫我"让那帮人郁闷死"。

选手的名牌都粘在大方桌上,所有的原材料也都摆好了:食材、烤炉、冰箱、冷冻柜、电动打蛋器,都放在房间的一角给大家公用。接着评审团开始自我介绍。这些人我一个也不认识,不过以我现在的紧张状态,连自己的名字也想不起来。比赛内容马上也公布了:蛋白霜柠檬挞。菲利普最后给我鼓了鼓劲,就和其他陪同人员走到屋子那头坐着去了。

"三,二,一,比赛开始!"

我先做起酥面团,混合原料、揉面,然后放进冰箱冷藏。等着的时候我又着手打发奶油,把柠檬去皮,切成两半挤出汁水。刀片不小心划到了手指,我看到一滴血流出来,然后两滴、三滴……血流个不停,我耳朵嗡嗡的,感觉好热,之后我觉得眼冒金星。好的,大家晚安,我先下了。

回去的路上一车人都没有说话。菲利普咬紧了牙关就没再松开。我清醒些之后,他坚持要我比完比赛,但主办方认为我的样子实在虚弱,对此我没有反驳。我不知道菲利普是不是故意的,不过打开收音机,听到里面说让-雅克·高德曼[1]削水果划伤了手指时,他忽然踩了个急刹车。

一路上我视线都没从手机上挪开,一边觉得惭愧,一边又庆幸折磨终于结束了。蕾拉的信息发过来时我还在刷视频,她就坐在我的正后面。

"能够克服恐惧已经很了不起了,你尽力了。"

"谢谢,菲利普在摆脸色呢。"

---

[1]Jean-Jacques Goldman,20世纪八九十年代法语歌坛最为瞩目的歌手、词曲作者之一,曾获格莱美奖。

"他脸一直都很臭，哈哈哈哈哈。说起来，周六晚上你想不想去喝一杯？"

"你真好，但我不需要别人可怜我。"

"我没有可怜你，我只是想和你喝酒。"

伊丽丝

"我和你说过别把我的号码给他。"

"我看他那样，心里难受。"

我深深觉得，怀孕期间应该禁止我母亲来电。如果我现在血压还没暴增，那一定是血压仪接触不良出了故障。

从我问为什么杰雷米会给我发短信开始，我母亲就一直否认是自己透露的消息。尽管证据确凿，却也着实让我疑惑了一阵子，因为只有她、克莱蒙还有梅乐知道我的新号码，而其他两个人就是看到杰雷米难过，眼睛都不会眨一下。最后，我母亲终于承认了他们之间还有联系，杰雷米甚至还去我们家里拜访过两次。

"他不理解你为什么要走，我发誓说我也不知道。马上就要举行婚礼了，甜心，你不能就这样把客人们都晾着。"

"妈妈，我特意不把你牵扯进来，就是不想让你担心。求求你，这件事你别插手，也别再告诉他任何消息！你没有告诉他我在巴黎吧？"

一片死寂。

"妈妈？你没告诉他吧？"

"听着，你这次好不容易找到了个好归宿。你爸爸也很喜欢他，知道吧？"

我挂断了电话，顺手把手机朝墙壁扔了出去。我感到愤怒和焦虑一同袭来。我早知道我妈会担心，但没想到是因为杰雷米。我妈一直把我当作需要保护的孩子，没有主见，自己也做不了决定。在她看来，她的意志总要高于我的，她知道怎么做更好，她才是那个大人。

我想去厨房喝杯水，于是走入客厅，发现让娜正忙着做针线活儿。

"你没事儿吧？"她眼神关切，"我不是想要打探你的隐私，但刚刚我好像听到你在喊什么。"

"没什么，跟我妈妈吵了一架，她快把我逼疯了。"

让娜笑笑："我母亲有时也会惹我生气。我总觉得要是想刺激一个人的敏感神经，只需要把他母亲找来就行了。再过上个几年，就是你去把你孩子逼疯啦！"

"我觉得已经这样了，看他在我肚子里乱动，我有理由怀疑这小家伙想逃跑呢。"

让娜被我逗笑了，接着眼底闪过一片阴影。

"很疼吗？"

"还好，说不出来的感觉，只有他朝我肋骨拳打脚踢的时候才会疼。你想看看吗？"

提议出口显得猝不及防，让娜愣住了，我也立马后悔起来。

"不好意思，我不是……"

"当然好啊！"她站起身来，打断了我的解释。

我在沙发上躺好，姿势能够让她看清楚全貌。我掀开帽衫下摆，露出紧绷的肚皮。我们等了好几分钟，等他动一动。

"老是这样。"我说，"晚上我想睡觉时，他就拿我的肚子当蹦床；每次我一拿手机想录下来，他又立马消停了。"

"他肯定是个小机灵鬼,"让娜慈爱地说,"我能摸摸吗?"

我点点头,鼓励她把手放到我肚脐上来。我能感觉到我肚子上的手在颤抖,实际上我的心也很不平静。

"这还是我第一次摸人肚子。"她坦白道。

肚子里的宝宝好像特地选了这一刻翻起了跟斗,让娜手下的皮肤鼓起了一个小球,不安分地动着,她惊奇得瞪大眼睛:"太不可思议了!太神奇了!这里面有个小人呢……生命真伟大啊!"

门开了,迪欧走进来。他正午一过就出去了,现在远远地盯着我们,对这不寻常的一幕表示疑惑。

"你们在干什么?"

"来看看。"让娜比了个"嘘"的手势,"太神奇了——"

他顺从地走过来,目光黏在我的肚子上。那里的皮肤忽然鼓起一阵波浪。迪欧往后撤了一步。

"天哪!太恶心了,这是个怪物。"

让娜

让娜从墓园出来,回家途中在迪欧工作的面包店买了一块黑森林蛋糕。她打算保密,偷偷庆祝自己七十五岁的生日。每年的这一天让娜都像返老还童,儿时的记忆全都重现。母亲知道她酷爱巧克力,总是会特意做上一块黑森林蛋糕。虽然随着年岁渐长、身量拔高,蛋糕显得越来越小,但这一天她是女王,拥有特权,可以代替父亲品尝第一口。路易丝不喜欢蛋糕表面那一层巧克力碎屑,而让娜则讨厌樱桃,于是两姐妹愉快地交换。小狗卡普里切好奇地注视着她们,期望可以捡到一两块残渣。几十年后,当掼奶油和海绵蛋糕再次在舌尖融化时，让娜恍惚中又回到了自己八岁时的光景。

柜台后的店员总是彬彬有礼，让娜真羡慕迪欧，可以和这样的人共事。

她一面朝着公寓的方向走，一面盘算着晚饭吃什么。到了底楼，她犹豫了几秒，随即走到了维克多的房间跟前，又思考了片刻才叩门。

门刚一开，布迪纳就一溜烟冲了进去。让娜跟在小狗的后面，被维克多邀请着进了门。她之前也不时地和门房一起喝杯咖啡，因此男人对这次来访也并不感到惊讶。

"现在喝咖啡太晚了。"门房说着打开冰箱，"但家里有柠檬水，还有桃红葡萄酒。"

"我就待一会儿。"让娜表明来意，"买的蛋糕还得放冰箱呢。我就是来问问，你记不记得帕泰尔太太？"

维克多立马答道："当然记得咯，二楼的帕泰尔太太。但没记错的话，她现在搬到布列塔尼去了，不过这里住户这么多，弄混了也很正常。为什么要问这个？"

让娜打开手袋，拿出一整扎信，放在了桌子上。

"因为她叫帕戴尔，不是帕泰尔，你老是拼错她的名字。"

维克多抚了抚额头。

让娜能读出他的困窘：这个时候，到底是该承认还是假装听不懂呢？

1972 年，也就是让娜和皮埃尔搬到这里的第三年，维克多在这栋大楼里出生了。他母亲朱利亚诺太太继承了自己父母的衣钵，也是大楼的门房。维克多的父亲是这个街区的屠户，很年轻的时候就去世了。维克多在公寓里长大，同母亲感情深厚，一直跟在母亲身边。公寓住户老是开朱利亚诺太太的玩笑，每当不见维克多在她身边转，就会问她孩子是不是藏在了她裙子底下。维克多懂礼貌、乐于助人，也很有幽默感，轻轻松松就赢得了各位住户的欢心。皮埃尔夫妇尤其喜欢这孩子，还欢迎他经常来家里玩。维克多中学时期，皮埃尔还教过他英语，而让娜则是他缝纫方面的启蒙老师。维克多很快长成了一个热爱幻想的青少年，成天做着白日梦，成年以后变得孤僻起来，融入不了什么社交圈子。只有窝在自己底楼的小房间里时，他才会感到些许安心和幸福。四年前，朱利亚诺太太离开了人世，维克多自然而然地接替母亲，做了公寓的门房。

"我觉得自己是在帮您。"他怯怯地说，"电视节目里面说，幸福的回忆能够让人更好地接受亲人离开，走出阴影。"

"你是怎么知道这些事的呢？"

"我记性很好，耳朵也好使，什么都听得到、记得住。比如说帕泰尔——帕戴尔太太的事，您回家的时候跟我妈妈讲过，我当时也在。您笑起来的样子我现在都还记得呢！"

让娜确实没有印象了。

"对不起，让您伤心了。"

"不，我没有伤心，别自责。我知道，你也很喜欢皮埃尔。"

维克多点点头，没有说话。让娜说这话是真心的，她不但不怪门房，反而深受感动。这孩子一定非常爱自己，理解自己的苦痛，才会花费这么多心思来宽慰自己。感情是相互的，维克多在让娜心中也占据着重要的地位。他给予了她如此真挚的情谊，还有最好的最珍贵的礼物——关于皮埃尔的回忆。

布迪纳发现一堆猫粮，试图将它们全都据为己有的时候，让娜不得不拖着它告辞了。维克多送她到门口。

"维克多，我想请你帮个忙……"

"什么？"

"你能不能继续给我写信?"

他说好。让娜离开了,嘴角含着笑意。

迪欧

"嗨,哥们儿,你到底什么时候回来?"

自从我又开始回复热拉尔和艾哈迈德的短信后,他俩就时不时骚扰我,要我回福利院看看。热拉尔下个月就成年了,艾哈迈德还要再等六个月。我在他们这个年龄,满脑子想的都是离开福利院这个监狱。十八岁的时候我们没得选,不管有没有去处,反正得走人。我知道很多人离开之后就成了流浪汉,所以我只想赶紧开始挣钱。当学徒不能发大财,但是将就着也能过。

我也搞不懂为什么自己不想回去,可能是因为在那儿有不开心的回忆,也可能有其他原因。离得远点,才能记起更多好的事。我走的那天艾哈迈德弹了吉他,他们合唱了一首歌给我送行。歌词是几个人一起填的,讲了一些我在福利院的经历。我紧紧地捏住拳头,好不容易才把眼泪憋回去。热拉尔把自己总戴的鸭舌帽送给了我,几个小的摸摸我的肩膀,玛农还哭了。

我们有过很难熬的时候。有个叫塞巴斯蒂安的教员,几年里对待我们比对待狗还不如,把我们拖到看不见的地方揍。我年纪小没胆子反抗,大孩子们也不敢顶撞他。福利院还有很多人是暴力狂,无缘无故打我耳光,我喜欢的小物件也时常没了踪影。在那里,人们哭、号,到处乱窜,有的甚至还想自杀。但我觉得最痛苦的,实际上是还抱有希望——希望我妈来看我,希望她能把酒戒了,甚至希望她会接我回家。有次心理医生说我在福利院待着要比在我妈身边好,我把他臭骂了一顿,然后走了。我听不得这些,我爱我妈,跟其他小孩儿一样,无条件爱着她,只想和她在一起。我不知道心理医生说得对不对——一个人是保险地活着,还是冒着风险和妈妈待在一起,究竟哪一种更好呢?

当然也有开心的时候。尼科和阿萨教员就像哥哥姐姐一样对待我们;福利院举行气球派对,彩色气球会挂满整个屋子,我们的生活就像重新装点了一番;翻墙的夜晚,没人能够逮住我们;我们一边淋浴一边大笑,提高嗓门儿唱歌;有些晚上还能看电视;还有去沙滩那次,我们还一起去溜冰,还有我的哥们儿艾哈迈德和热拉尔,还有玛衣、马利克、索尼娅、恩佐、埃玛。我们在那个地方一起吃过苦,不管愿不愿意,总归还是变得亲密起来。即使没有人愿意收留我们,但至少我们这群人还能相互温暖。福利院不是我们真正的家,不过有些时候也很相像了。

我胡乱回了一句便合上了手机。已经十二点多了,我关了灯,钻进被子闭上眼。每当我觉得受伤的时候,都会钻进脑子里的某个角落。那儿类似一个梦想的平行世界,我在那儿没有危险,好事都会发生。那里是真实生活的前厅,那里我说了算。我之前一直以为,每个人都会梦想有这么一个地方,但后来和人说起,才发现像我这样的没几个,于是我就不再说了。这个技能我很小的时候就会。我睡在床上,幻想着新年晚会上,自己当着所有人的面唱歌,一点儿也不怯场。只需要闭上眼睛,我就能跑到别的地方去,远离烦心事,不受老天爷捉弄。这个方法不需要书和电视,自己就能定制情节短剧。比如说,我最近这段时间总在重复同一个场景:我提前到了面包店,用钥匙开了门,走到衣帽间换工作服;我上身没穿衣服,肌肉鼓鼓的,身材壮得像日历上的救生员;蕾拉这时走了进来,慢慢地靠近我,手摸上了我的脖子,然后我们俩接了吻。

一月

伊丽丝

"我想死你了!"

"你快勒死我了。"

我松开克莱蒙,他就站在我面前,有血有肉的真人。

"哎呀!你学坏了,掐我干吗?"

"就是想确认一下我没做梦。"

我搭公交车去机场接机,也没提前告诉克莱蒙。他从旁边急匆匆经过,居然没认出我来。如果不是因为见到他太高兴,我肯定要教训这家伙一顿。

一路上他都在讲自己的长途旅行、他的奇遇,给我看拍的照片和视频。大部分我都在他的 Instagram 账号上见过,不过从他嘴里讲出来更加令人振奋。

克莱蒙订的酒店离我住处只有几步远。他一放下行李,就转过身盯住我的肚子。

"真不敢相信,我要当舅舅了。"

"我有点儿怕,你懂吧,还有三个月孩子就要出生了。"

"怕什么?"

"怕很多事。怕失去他、怕他生病、怕杰雷米抢走他、怕这孩子因为没有爸爸而记恨我、怕跟他没有共同话题……离预产期越近,我越觉得自己做不了一个好妈妈。"

说出口的恐慌变得愈发真实了起来。几周以来,我都把这些话堵在心里,放任它们占领自己的心绪。我这个人容易悲观,也时常陷入自我怀疑。我会因为发生在身上的坏事感到自责,好事则归因于运气。但风雨彩虹都经历过后,我逐渐有了自信。周围人的鼓励和信心是我前进的动力。杰雷米也属于这类人,当然只是在最开始的时候。

　　他理解我，倾听我的内心，照顾我的感受；他鼓励我，有时甚至到了夸张的地步；我所做的一切，他都能找到措辞来赞不绝口：我做的烩饭是他吃过最美味的；一切新发型都适合我，就算光头也很美；我能治好每一个病人；我是最有天赋的理疗师。杰雷米的过剩和我的不足达成了某种微妙的平衡。然而转变来得悄无声息，我还清晰地记得他第一次指责我时的情形。

　　"菜烧得太老了，你应该跟我的前女友学学。"

　　我哭了起来，他连忙向我道歉，说因为眼下处理的一个合同比较棘手，心情不太好。于是杰雷米又变回了那个我深爱的人。但后来新的打击又接踵而至。

　　"做爱的时候我只能看到你的双下巴。"

　　然后一句接着一句："这条牛仔裤显得你屁股好肥""你一点儿幽默感也没有""大家迟早会反应过来的，没有人会选你做理疗师""你怎么能蠢成这样？小可怜""我真后悔之前叫你搬过来了""你知道为什么你的朋友都不理你了吗""你这个人真没用"……

　　指责取代了曾经的恭维赞美。每次打击过后随之而来的也有安慰：我没有恶意，我也是为了你好，伤害了你我很抱歉，我不想这样。只有杰雷米，才能将之前打破了的东西重新粘合起来。于是他既成了我的刽子手，也是我的救星；既是一把伤人的刀，也是贴住伤口的止血绷带。没过多久，我就相信杰雷米胜过相信自己。我说服自己，没有他我什么也做不成，只有他才理解我、爱我。他也只用了三年时间，就摧毁了我花三十年才建立起来的自信。

　　"你会成为一个好妈妈的。"弟弟笃定地说，"我对这一点很有发言权。小时候，我记得有好多年，你照顾我就像照顾自己的孩子。"

　　我笑了，回想起自己当时模仿母亲，还有样学样，把乳头凑到婴儿克莱蒙的嘴边喂他。

"我会尽力的。"

克莱蒙在床边坐下来,头枕在我的肩膀上。

"我恋爱了。"他说。

连我肚子里的宝宝听到这个消息都吃了一惊。

"你?怎么可能?和谁啊?什么时候?给我讲讲,我等这一天已经等了二十八年了!"

克莱蒙从来没跟我说起过恋爱的事,连潜在的发展对象也没提过。一聊到这个话题,他就只是耸耸肩傻笑。我打听不出他一丁点的爱情故事,感觉自己快要憋疯了。有好几次我撞见他接电话,那流露出了一些蛛丝马迹。这些细节我不是没留意过,但出于无奈,只能尊重克莱蒙的隐私,觉得时机成熟他自然会坦白。我原以为时机永远都成熟不了。他告诉我女孩儿名叫卡米拉,在布宜诺斯艾利斯当摄影师,这一年以来两个人都在一起旅行。目前他们打算找个地方安顿下来。虽然不是很明显,但克莱蒙谈到她时,眼睛变得亮亮的,声音也温柔了不少,这些小细节都泄露了他的心思。作为旁观者,看到弟弟坠入爱河,我的心情自然是喜悦的,看来之前的等待也没有白费。

让娜

小时候,让娜的父母就教育她要尊重他人:他人即权威,不应妨碍他人、叨扰他人、激怒他人,不应令他人失望、厌烦、痛苦,不应耽误他人宝贵的时间、中伤他人抑或束缚他人自由。为了达到父母的要求,让娜在小小的年纪就已学会套上重重面具,将真正的自我隐藏起来。

长大成人后,随着年龄增长、心智成熟,让娜试着破除了部分伪装,但有一些已经深入骨髓无法改变。每当遭遇他人的烦扰,让娜便会封锁起自己的真实感情,对冒犯者展露一个说服力十足的微笑。只有熟悉的人才能辨认出这层面具下的恼怒意味,而迪欧和伊丽丝,正刚开始认识到她的这一面。

"让娜,你生气了吗?"伊丽丝语气担忧,坐到了她身边的沙发上。

"当然没有。"后者矢口否认道。

"可是你明明有烦心事。"迪欧仍旧坚持。

"我说了我没事儿。"

两个年轻人面面相觑,不知道自己做得到底对不对。

一切都要从一通电话讲起。晚餐时分座机响了,这可不大常见,电话通常都是让娜去接的,可今天她正在厨房里忙得团团转,于是伊丽丝拿起了听筒。电话那头传来一个男人的声音,说自己要找佩兰太太。让娜接过听筒,两个室友只听了几句便明白了谈话的内容。等落座之后,让娜不得不坦白,说出了自己的小秘密。

"我在拜访一位灵媒。"

"为了预见未来?"迪欧不解。

让娜开始还闪烁其词,后来只得承认灵媒是她的中介,帮助她和皮埃尔交流。伊丽丝对此表示理解,因为她的朋友盖尔也采用过同样的方式和自己过世的父亲聊过天。她一开始本来也持怀疑态度,但灵媒说了一些只有盖尔才知道的细节,伊丽丝便信服了。

"有些人真的能通灵。"伊丽丝说,"不过骗子也挺多的,还是得小心点。其实要分辨真假也很容易:真的通灵大师,人都是大老远排着队去找他的。"

"我运气比较好。"让娜为自己辩解,"是他直接联系的我,所以不用排队。"

迪欧做了个鬼脸:"他怎么联系你的?"

"电话,皮埃尔告诉了他我的号码。"

"不太妙啊,说到这个,我想起博利厄太太也是,她两个月前去世了。我过了几天去她家拿工作服和餐盒的时候,她女儿也说有个灵媒打了她家的座机,说博利厄太太有话告诉女儿,她当时就把电话挂了。这事真有点儿怪。"

"没错。"迪欧表示赞同,"有点儿危险。"

让娜表面波澜不惊,但内心已经后悔告诉他俩了。之前的种种迹象已经让她对卡夫卡先生的信任产生了动摇,她不愿他们促使自己继续怀疑下去。

"如果伤了你的心,我很抱歉。"伊丽丝从沙发上站起来,"他也可能是个好人,但是你心里最清楚,毕竟我们都没见过这个人。"

让娜的心情轻松了一些,但迪欧还没放弃:"不过我们倒是可以试试。"

"试试什么?"

"见他一面啊,这样我们就知道他到底是不是骗子了。你们下一次见面约在什么时候?"

迪欧

现在还不到十点。为了显得自己不是提前来的,我在酒吧后面的街上转了转。自从蕾拉提议我俩去喝一杯之后,每次碰到她我都紧张得要昏倒,甚至都不用割破手指。我昨天整晚没睡,就算在梦里也不得安生。

这是我人生第一次约会。我和玛农接吻的时候没有任何准备，她没想到，我表现得也很自然，其实当时心里乐坏了。我和玛农都挺疯的，听的音乐一样，再说她的眼睛也很美，这三点对于十五岁的人来说已经够了。在玛农之前，我还和班上的一个女同学出去过。为了不被发现，我俩一直跑到自行车棚才敢接吻。她说是为了尊重我的隐私，其实只是觉得丢脸。这就没了。之前没什么女孩儿找过我，这是我第一次跟人出去约会，还是跟一个我喜欢的姑娘。

我边抽烟，边数着自己的心跳，对于正常人来说，它显然跳得有点快。

"哈喽！"

我吓了一跳，蕾拉就站在对面。现在我的心更是疯狂地跳个不停，简直像通了电一样。

"哈喽！"我结结巴巴，"过得咋样？"

这个开场不错，银行顾问都没我热情。

酒吧很清静，我们选了边上的高脚椅坐了下来。蕾拉看起来和我差不多，也挺害羞的。我们喝了一杯，随便聊了几句。我才知道这半年她都是一个人住，之前她和父母还有哥哥姐姐住在一起。她马上就满二十了，找了三个兼职：面包店的，办公室杂务工，有时也在哥哥的餐厅帮忙。

"你呢，之前陪你比赛的那个老太太是你外婆吗？"

"不是，她是我和伊丽丝的室友。"

她皱了皱眉。我知道时候到了，到底是说实话还是编一个家庭背景，我得拿个主意。福利院出身这件事我一直都是保密的，因为人们知道以后态度往往就变了。在学校里，我是个没爹妈的小孩儿，别人要么离我远远的，要么出于好奇或者同情接近我。有时我感觉自己像动物园里的野兽,让人们看个稀奇。蕾拉没说话,等着我解释。许多话从脑子里滑过去,我想说些可信一点儿的,因为话说出口,一切就可能全变了。

"我老家在布里夫①,我现在赚的钱买不起房子,而且在巴黎一个人也不认识。其实我没有家人,我是在福利院长大的。"

我不敢看她,眼睛紧紧盯住手里的杯子,大气都不敢出一声。

"她俩都好酷喔。"她接着说,"她们都很担心你,我都以为是你家里人呢。那咱们去其他地方逛逛吧?"

蕾拉的反应就是没什么反应,没有追问,没有问我为什么、怎么到的福利院。她要么对这个话题不太感兴趣,要么就是没明白我的意思,再要么压根就不在乎。

我们到了街上。外面很冷,连呼吸都带着白气。我鼓起勇气,正想问她有没有明白我的意思,她忽然做了个手势,示意我跟着她走。

"来吧,我给你看个东西。"

我俩沿着塞纳河走着,聊着娜塔莉的糗事,不停地大笑,在这个话题上我们总有很多共同语言。

"不,先生,我们不能赊账。"蕾拉模仿着娜塔莉,"您看,我没胡子,别把我跟某位神父弄混了,我不是搞慈善的。"

"你学得真像!"

"我知道,我确实有点模仿天赋。"

她在一栋大楼前停了下来,输了一串密码,解释说自己负责打扫顶楼办公室的卫生。我们走进了一处私人的院子,她比了个"嘘"的手势,示意我不要出声。我跟着蕾拉走上楼梯来到顶层,那儿墙

---

① Brive,全称布里夫拉盖亚尔德(Brive la Gaillarde),法国中南部城市,是法国的一个区域性的经济、文化中心,也是重要的交通枢纽。

上靠着一把木头梯子。她把住梯子,把它扣在天花板的活动板上,示意我跟着她爬上去。

眼前的景色令我呆住了。我双腿打战、头晕目眩,一点儿没夸张。从那儿我们可以看到整个巴黎,数不清的屋顶一直延伸到天边。远处是埃菲尔铁塔,近处是圣心大教堂。蕾拉在屋脊上挪了几步,我抓住一根水管,滑到了地板上。

"天哪,你没事儿吧?"她神色担忧,坐到我身旁来。

"没事儿没事儿。你身上带了除颤器吗?"

蕾拉大笑起来,然后没了声儿。在安静的夜里,我们一起待了很久。我渐渐地不抖了,也快忘了自己是坐在高楼屋顶上的。蕾拉没有动弹。她此刻在想什么呢?我深吸一口气,问她:"在酒吧的时候,你听明白我在说什么了吗?"

"我听懂了,但聊这个你心里应该不会好受。我很清楚,我也有不愿意开口说的事。只要你愿意,我们以后有的是时间慢慢聊。"

我再一次抖了起来,头一阵一阵地晕,但不是因为恐高。蕾拉看着我,脸离得很近,近得可以听见呼吸。我终于决定什么都不管了,把害怕丢到一边,闭上眼睛,我们的嘴碰到了一起。

我很纳闷,铁塔这时为什么不放点儿烟花呢?

伊丽丝

让娜原本不同意我俩跟着一起去,我和迪欧也没坚持,毕竟要沉溺幻想还是正视现实都是她自己的选择。昨天吃晚饭的时候,让娜忽然告诉我们她改变主意了,她还是想做个头脑清醒的人。

灵媒开了门,看到让娜有这么多人陪着,有点吃惊。我向他伸出了手:"你好,我是佩兰太太的女儿。"

"我是她外孙,我妈是她女儿。"迪欧补了一句,朝我挤眉弄眼。

我差点一口气没喘上来。这傻小子还一脸得意。

这是我们的第一个小测试。让娜说过卡夫卡知道她没有孩子,但现在他什么反应也没有,看得出来让娜已经生疑。

通灵人邀我们在圆桌旁坐下,房间装修得和漫画里的一样夸张,再加颗水晶球和一瓶仓鼠卵巢榨的汁,这个会客室就完美了。我想起盖尔第一次和灵媒见面后对那地方的描述:出人意料的朴实无华,跟她之前想象的戏剧般的场景完全不一样。我瞟了一眼让娜,她抬头挺胸,目光坦然,没有流露出丝毫内心的挣扎。

"您说皮埃尔又有消息给我?"

"是的!"卡夫卡先生的表情变得生动起来,"很少有亡灵这么频繁地找我,看来他对您的感情真的很深。"

让娜微微笑了笑。我忽然不想拆穿这个骗子,如果他是真心的该多好。他说的话,任何失去至爱的人听了都会失措,如果他不只是为了钱该多好。我不敢想象让娜的心情,在燃起希望和保持理智之间犹豫不决的心情。

"我会直接复述皮埃尔说的话。"灵媒继续说,"别担心,我会用自己的声音,但确实是他在借我之口跟您交流。我们这就开始了。"

他头向后仰,双手食指顶着自己的太阳穴:

"宝贝,你今天真美。能以这种方式和你聊天我很高兴,谢谢你信任卡夫卡先生。我们运气不错,还能够继续保持联系。我一直在你身边,每到晚上,我就会回到我们巴蒂诺尔的公寓,和你躺在一张床上,就像以前那样。我爱你,宝贝,希望以后能更多地和你说说话。"

让娜早已泪如泉涌。她抽出手绢擦拭眼睛,慢慢转过身来,面对着我和迪欧：

"孩子们，你们是对的。"

迪欧也无须多言。

"他人现在就在这儿吗？"他问卡夫卡。

"当然了，您外公就站在旁边，您能感觉到他的手搭在您肩膀上吗？"

迪欧闭上眼，深吸了一口气。

"我感觉到了。"他呼气，又睁开眼睛，"我以前和我外公很亲，经常叫他胖子。"

灵媒盯住虚空中的一点。

"皮埃尔记得呢，他喜欢您这样叫他。之前他就特别疼爱您，可别告诉别人哟。"

让娜面无表情，我把椅子挪到她跟前，握住她的手。

我问灵媒："他有什么话对我说的吗？"

男人又重复了一遍刚才的动作，过了几秒，他目不转睛地看着我的肚子，回答道："您父亲说，看到您肚子里有新的生命延续，他很高兴。他很遗憾没能见小外孙一面，不过他答应一定会在那边护佑您的孩子。"

这人实在很懂人心，我感受到了让娜内心的挣扎。

"我倒挺高兴他死得这么早。"迪欧说，"要不然我的遗产还得分给弟弟一份。既然他现在就在这儿，那麻烦转告一下，谢谢他留给我钱，这么多钱我都不知道该怎么花。他能给我点建议吗？"

"当然能。"灵媒的语气有些急切，"您的胖子外公很高兴有我当中间人，等会面结束我们再详谈，可以吗？"

"行！能问问他对我的第一笔投资有什么看法吗？"

我有点发怵，不知道迪欧到底想干什么。那个卡夫卡装模作样地听了一会儿空气,点头称赞道:"他为您骄傲,觉得这笔钱花得很明智。"

"啊——那我就放心了!"

让娜突然立了起来:"哦,天哪!皮埃尔怎么了?"

"让娜,怎么了?"

"我不知道,太奇怪了,我看到卡夫卡先生背后站着个女人,大概是我出现幻觉了。"

迪欧当时迷茫的表情真叫我终生难忘。

"幻觉?"灵媒满腹狐疑。

"是的,您的特异功能大概转移给我了。"让娜惊呼起来,"是您的母亲,她也有话要问您。她想知道您利用他人的痛苦来赚黑心钱,良心痛不痛。"

"我听不懂您在讲什么。"

"等等,我的幻觉还没消失呢。我看见您从抽屉里掏出了好几千欧还给我,就是之前从我这里骗走的那些钱。"

男人脸上的笑容不见了。他恼羞成怒起来,不知道为什么自己辛辛苦苦挣来的干净钱要平白无故地还回去。让娜则表现出惊人的镇静。

"我知道您是怎么找到我的,只需要注意一下讣告,看看哪些老人成了寡妇,然后就能找到她们的联系方式。"

"真下贱。"迪欧说。

让娜给了他一个冷冷的眼神:"您如果不想我报警的话,就乖乖把钱还给我,兄弟。"

不消多话,男人也没有尝试反抗。之前也应该有人拆穿过他的把戏,不过他借口说自己是出于好心,说我们也不能证明他有恶意。

回家的路上,迪欧不住地逗乐,我也不断地挑起各种话题,但让娜毫无反应。到了公寓，她坐到长沙发上，叫我俩挨着她坐下，接着打开电视机，把一条毛毯盖到我们腿上。她把头靠在椅背上，握住了我和迪欧的手。

让娜

让娜走进曾经工作的车间。回忆如潮水，员工早已换了新的面孔，但是这里的声音、气味，甚至连装潢都一切照旧。有些认识让娜的人见她来，马上走出工位跟她打招呼。薇薇安，轻柔面料车间的一把手，拥抱了她好久不肯撒手。让娜记得薇薇安刚来的时候，那是 1980 年还是 1981 年，总之是总统大选那年。那时小姑娘还很年轻，而现在快要退休了。还有吕斯、玛丽安娜、克洛蒂尔德、保罗，还有其他人，都跑来围着让娜。让娜惊奇地发现，离开他们像昨天才发生的事。

尽管走的时候说得好好的，但这些年来，让娜从来没有和之前的同事们联系过。刚退休的那几周，她还时不时来看望他们。但后来，害怕叨扰他们的心情战胜了她的恋旧之心。毕竟同事们都要工作，她来这里也只能打搅他们。于是让娜从之前的每天都来变成了再也不来。一些人还打过电话问候让娜，但后来也被日常的琐碎和手头的事淹没了。

这次让娜很快说明了来意。她的计划首先要征求经理的同意，这没什么难度，大伙也都热情高涨。这个主意是她前一晚失眠时，躺在床上想出来的。过去的三周里，让娜戒掉了安眠药，夜晚变得更加安宁，但漫漫长夜总需要一些东西来填补。让娜想到了车间每天都要扔掉大量的边角料，在他人眼里这是无用的废弃物品，但对另一些人来说却有大用。第二天一大早，她就敲响了一个慈善社团的大门，向他们阐述了自己的资助计划。

回来之后，让娜就一头扎进了缝纫机里，只有看望皮埃尔时才稍微歇息一下。她夜以继日地赶工，布料不停滑动，机器轰隆隆地响，内心填满了喜悦，觉得自己依然是个对社会有用处的人。她原以为再也找不回这种感觉了。让娜强烈地向往着尘世的幸福，这几乎成了一种本能。她并不引以为豪，只觉得幸运，为能够轻易觅得快乐而感到幸运，这种能力能够抵消生命中的那些不快。让娜始终认为祸福相依，正是因为转瞬即逝，微小的幸福也就显得举足轻重。前路的阻碍虽会动摇她的乐观精神，却无法让她从此一蹶不振。但皮埃尔走后，让娜心里的某些东西熄灭了，她一度认为那些东西再也无法点亮。经历了漫长的休眠，现在，让娜终于感觉自己活转了过来，重新投入了生活的洪流。

她叠好自己刚刚完成的织物，把它放到篮子里，篮子里还有其他的。明天，她要把这些交给慈善机构，然后投入新一轮工作。这些东西很快就会送到一双双圆滚滚的小手上：围嘴儿、拨浪鼓、毛绒玩具、贴身内衣、襁褓，都是用塔夫绸、提花料子、锦缎还有欧根纱做成的好东西。

迪欧

我这次回来没告诉任何人，能不能走到头，自己心里也没底。我先沿着铁丝网在外面绕了一圈，找到了几个之前我们翻墙时挖的洞，还剩一个没有填起来。我先是听到一阵喧哗，然后才看见他们：小孩儿分成几群在院子里玩，大的聊天、拍皮球。艾哈迈德坐在乒乒球台上,我吹了个口哨,他转过来正好看见我,大叫了一声,朝我冲了过来。

尼科给我开了门。再回到这儿,感觉挺奇妙的。大家都围了过来,又是拍我的背,又是贴我的脸。梅莉妮更是给了我一个大大的拥抱,这小女孩儿之前就一直喜欢黏着我,搞得我像她爸似的。几个新来的没有上前,只是在外围观望着。我心里说不出的感觉,反正挺复杂的,不过脸上还是笑个不停。我感觉像到了一个交叉路口,不同剧集的情节在这一集里汇到了一起;我感觉从前的生活在当下露出了痕迹,剧拍得也不算糟糕。

艾哈迈德说热拉尔还在房间里,我俩跑过去,门也没敲,直接就跳到了他身上。热拉尔正戴着耳机听歌呢,只顾着挣扎没反应过来,看到是我才笑。艾哈迈德也笑了,是熟悉的山羊一样难听的笑声,我也笑了起来。他床头的墙上挂着一张照片,是我们仨在溜冰场拍的。十三四岁的小毛孩儿,滑个冰,摔倒的时候比站着的时候都多。这项运动也对我的自信造成了毁灭性的打击,但不管怎样,那段记忆确实是很美好的。

艾哈迈德来福利院的时候才三岁,跟他姐姐一起来的。他们的妈妈死了没多久,爸爸养不起两个孩子。热拉尔是我来这儿两年后才被送进来的,他爸妈之前一直虐待他,后来就被剥夺了抚养权。具体细节热拉尔没有多说,不过他头上、身上都还留着伤疤。有些时候人们需要时间,了解相处之后才能成为朋友,但是我们仨不是这样,我们没过几天就成了好哥们儿。

我待了两三个小时吧,像以前一样四处瞎逛。他们不停地问我离开福利院之后的生活怎么样。之前很多人出去后过得不如意,他俩也有点灰心,我于是跟他们吹起了牛。那句话怎么说来着,经历过噩梦的人,更会朝着梦想前进。我讲起了自己的工作、租的房子,我讲了让娜、伊丽丝，没有细说和蕾拉的事，他俩刚想追问，我们就碰到了玛衣。几个人互相贴贴脸颊、打招呼，我发现自己什么感觉都没有了，没有激动，没有难过，也没有呼吸不畅。见到她我很高兴，但也就仅此而已，我已经走出来了。

他们要我保证以后还会回来，实际上就算不发誓我也会来的。我不知道自己以前怎么想的，居然认为可以把他们丢下不管。

我到疗养院的时候，会客时间已经没剩多久了。不过如果不去看望我妈，我还怎么和她亲近呢？我跟她讲了让娜、伊丽丝，我们意外发展出的室友交情。合租生活让我找回了宁静，或许还不止宁静。我对我妈说你会喜欢她们的，就像你会喜欢蕾拉一样。我妈总是和那些生活不幸的人交朋友。她常说平滑顺利的东西会互相错过，粗糙不平的事物反而会牢牢合在一起，变得更加坚固，人与人之间的关系也是这样。她有时说得也挺对的。

走之前我在墙上贴了一张新的照片。走廊里有一个中年女人带着两个儿子，大概是刚探视完要走了。我想都没想，忽然原路倒了回去，打开我妈房间的门。我在她耳边说自己今天回了一趟福利院，还打算以后常回去看看。

伊丽丝

这是我休产假前最后一天上班。纳迪娅给我开了门，手里端着满满一盘小点心。

"我肚子里是怀了个八胞胎吗？"

"尝尝，您还会嫌不够吃呢。"

马上不用工作了，我感到省心了很多。肚子现在大得夸张，我有理由怀疑孩子出生的时候,自己会成功地胖成一辆坦克。我已经把产假日程排得满满当当:睡觉、看书,然后接着睡觉。不过,得知我马上要整天待在家里,让娜表现得十分开心,于是我只能在日程表上再加入两项运动:快艇骰子和拼字游戏。

搬到让娜家之后我还在看房子,我不想麻烦别人,强行把一个婴儿塞进别人家里,有个宝宝会给合租生活带来很多变数。我机械地投递个人资料,也不管房子合不合适。上周有个巴涅的房东在二十多名租客中看中了我。我在晚餐时一说这个消息,迎接我的便是让娜的一系列轰炸。

"房子有多大?"

"三十二平方米吧。"

"有点小。房租呢?"

"每个月七百二十欧。"

"太贵了。是双层窗户吗?"

"单层。"

"那隔音、保温效果都不好。在几楼呢?"

每个条件让娜都不太满意,最后她建议我在她家多待一段时间,直到找到合适的住所。我一点儿也不掩饰自己的开心,不过我本来也掩饰不了。我蹦起来快乐地拥抱让娜,迪欧这时发出了威胁:要是我俩现在哭起来,他就立马走人。

"我见到来接班的护工了。"纳迪娅坐着轮椅,滑行到玄关处,"她和你们经理一起来的,不过这个人相比起来就无趣多了。我儿子不过开了个小玩笑,她就被吓得整个人都要晕过去了。"

"啊?他开的什么玩笑?"

"就是在浴缸里放了条塑料蛇,没什么大不了的。"

回想起那个场景,纳迪娅不厚道地笑出了声。我也忍不住和她一起笑起来，庆幸自己不是这个小恶作剧的目标。要是看到蛇的人是我，我大概会吓得连孩子都要掉出来。

纳迪娅一下午都在我身后打转。我走到哪儿她跟到哪儿，不停地问我累不累，要不要坐下来休息一会儿，说等一下再打扫也不要紧。我最后只得屈服，坐下来喝了一杯不含咖啡因的咖啡。

"您产假休完就不会回来了吧？"她问。

我点点头："我打算做回从前的工作。"

纳迪娅笑笑，叹了口气。过去的十个月，我一周里有五天都要来这里，已经同她走得很近了。我看到过纳迪娅的脆弱、绝望、恐惧、坚强和粗野，两个人之间的联系也因此变得紧密。博利厄太太去世后我接着照看拉瓦尔太太，她和哈马迪老先生一样，都是我时常会想到的人。但纳迪娅不一样，她是特别的，我会永远挂念她，就像挂念其他对我来说重要的人一样。她要我把没吃完的甜点一并带走，还送我出门。她问我们以后会不会再见面，我毫不犹豫地说会。于是再见变成了承诺，我们以后一定还会再见。

二月
Février

二月

让娜

让娜在花店买了一捧含羞草，如今她似乎被两种情感左右着：和皮埃尔在一起的生活仿佛就发生在昨天，又好像是很久以前的事；但与此同时，在他们曾经相爱的地方，她的伤口暴露在流水般的时间中，不知不觉也已经风干结痂。让娜的心情像在坐过山车，要费尽全力才能抵挡这种拉扯。以前，或者说很久以前，皮埃尔也送过她一捧含羞草，那是早春最先开放的花朵。让娜钟爱它的绒球和好闻的香气，所以他每年都会买上一捧。她知道鲜花保鲜的小妙招儿：用锤子锤扁植物的根茎，把它们放入加了糖的温水里，要用透明的玻璃瓶，每天还要用喷壶浇几次水。还有一点，含羞草得摆到厨房里——那是整个房子里阳光最好的地方。除此之外，让娜得闲还会跟含羞草聊聊天，温柔而不失真挚的语气常常能把皮埃尔逗乐。

皮埃尔离开已经快一年了。春去秋来，没有他的日子，她第一次独自生活的日子，已经快一年了。

让娜坐在公交车上，怀里的含羞草很是好看，一个念头从脑海里一闪而过：她是幸存者，是活下来的那个。忽然上涌的负罪感立刻驱散了这个想法，不过自此在让娜心里留下了一道浅浅的痕迹。

让娜从没想过在皮埃尔去世后独自苟活。"我要死在你前面，我不能送你走。"她从前总跟丈夫这样说，但自己心里觉得这天永远也不会来。但她确实眼睁睁地看着皮埃尔走了。她消沉度日,一直沉到底,陷于低谷的阴影里,只想腐烂下去,活着已没有任何乐趣。人们告诉她时间会抚平一切,伤口都会痊愈。让娜不听,痛苦是她和皮埃尔之间仅剩的联系。但正如阳光总会在入夜之前弥留片刻,生也总会在死降临之前占据上风。

让娜呼吸着含羞草的气味,从心底里认同了这个道理,那就是无论经历了什么,人都能继续活下去。

今天早上,让娜又站进房间地板上那块金色光斑里,裸着身体,张开双臂,还是皮埃尔从前喜爱的那只小沼狸。然后她放起布雷尔、芭芭拉和席琳·迪翁的歌曲,席琳·迪翁是少有的她喜欢的当代歌手。让娜觉得她的歌声拥有打动人心的力量。伴随着音乐,她开始了今天忙碌的纺织工作。后来伊丽丝照例起得很晚,她休产假以来一直是这样。让娜提议看两集《绝望主妇》[①],于是她俩一边盯着电视机,一边评论起加布丽埃勒的穿着和布里的举止来。

岁月如流,生活逐渐重回正轨,归于平静。

让娜却跟从前不同了。她被打碎重塑,她深知思念不会消失,也不愿让它消失。尽管她一度变得脆弱、失衡,但到底还是站了起来。

到墓园的时候没看到西蒙娜,也没看到那个和西蒙娜惺惺相惜的男人,让娜像想到了什么一样,忽然会心一笑。她换掉了墓前凋零的郁金香,摆上了自己带来的含羞草。

[①] *Desperate Housewives*,美国广播公司出品的一部家庭伦理电视剧,共有八季。故事背景设定在一个虚构的小镇——美景镇,通过一位自杀的主妇玛丽·爱丽丝·杨的视角审视紫藤街上发生的一切,描绘了四位中产阶级家庭主妇的婚后生活。

迪欧

蕾拉求我去她家教她做甜点,这让我很是激动,忍不住告诉了让娜和伊丽丝,不过我马上就后悔了。这俩人给我挑了套衬衫燕尾服,以为我要参加什么化装舞会呢。她们拼命地给我鼓劲,一直送到楼梯口还不够,等我走到街上,还要站在窗户边观望,整得我以为自己要去勇攀珠峰呢。虽然我摆出一副丢脸嫌弃的表情,但其实心里还挺高兴的。

屋顶接过吻后,除了上班,我和蕾拉就只见过两次面。我了解得越多,就越喜欢这女孩儿。我不知道自己的爱意会不会到头,会不会停止,但现在来说的话,它看起来还是只增不减,让我的心朝蕾拉狂奔而去。而且,我其实还挺喜欢这样的。在面包店我俩都小心翼翼,不想让别人发现。但只要一逮到机会,我们就会黏在一起,朝对方笑,搞些小动作。她没来店里的日子,或者我去培训的时候,我满脑子都会想着她。这种感觉以前从来没有过,有时我心里还挺怕的,不过如果可以,我倒真想永远和她这样好下去。这段时间,我看什么都是浮在天上的,做什么都轻松了不少。我只希望每次想到她的时候,心脏可以不再咚咚跳个不停。照这样跳下去,它早晚会蹦出我的身子,蹦到外面来。

我衬衣没穿,但还是带了一束花。让娜没让我选,跟她说约会老早就不送花了也说不通。她在某些事情上是有底线的,这个我心里门儿清。

蕾拉家没有花瓶,她于是把水槽装满水,把花放了进去。公寓很迷你,勉强算有个小厨房。我问哪有地儿做甜点,她闹了个大红脸。

"我没想过真要做甜点。"

"啊？那你想干吗？"

"不然玩盘大富翁？"她忍不住笑了。

"好主意！"

看她神色有点难堪，我终于反应了过来。想起让娜和伊丽丝的话，我大概是最后一个知道今天是来干什么的。

我心跳过速，下一秒好像要晕了。这儿真热，我脱了衣服。蕾拉面对着我，问能不能帮她也脱一下。

我先从袖子脱起，运气倒是挺好，她头直接卡在毛衣里了，光膀子在空中挥来挥去，而我像头蠢驴一样用力扯着。好不容易扯下来，我猜她耳朵也差不多快被扯掉了。蕾拉似乎仍然笑眯眯的，尽管头发支棱起来，口红也蹭到了额头上。她贴上来，吻我，我全身的汗毛都竖了起来。她把我拉到沙发上。

"等等，我先把沙发摊开……"

伊丽丝

"一起走走吗？"

还没等让娜回答，布迪纳先跳了起来，冲到门口，颈子还被墙上的狗绳拉着。让娜停了缝纫机，套上大衣。之前产科大夫建议我每天多散步，说能促进血液循环，消除水肿，避免我的腿肿成两根火腿肠。每天早上，我都要花十分钟穿孕妇裤，再花上十分钟活动一下穿完之后僵硬的老腰。

第一次和让娜散步的时候，我小心翼翼步伐缓慢，只是为了不累着她。结果还没走出这条街，让娜就直接甩开我一大截。

"我是巴黎人。"这就是她全部的解释。

接下来让娜全程都在将就我的步速,她嫌我走得太慢,但在我来说稳健才更恰当。

维克多从窗户里伸出脑袋,冲我们打了个招呼:"你们带伞了吗?这天看起来羊水快破了!"

他每天都要开开这种孕妇的小笑话。好几周了,我逐渐感觉,维克多对我好像滋生了愧疚以外的其他情感,似乎不只是因为害我摔倒而感到抱歉这么简单。维克多一直都是彬彬有礼的,不过每次见到我都明显表现得不太自然。有一次,让娜当着他的面提到了怀孕的事,我相信他早就注意到了,自从我没再掩饰之后就注意到了。维克多看看让娜,又看看我的肚子,眼睛瞪得圆溜溜的,好半天才反应过来,接着放声大笑起来。从那以后,他就像和我有秘密的同谋一样小心谨慎,不过之前那种莫名的暧昧也消失了。

让娜跨出门厅,撑起伞,把我罩在下面。我脖子上围着围巾,漫不经心地望向街上站着的一个人,他的鞋子、牛仔裤、夹克衫,最后一路往上,看到那张脸。那个人冲我笑了。让娜迈步往前,而我冻在原地一动不动。

"嗨,宝贝。"

她转过身来,回到我的身边。虽然不清楚原委,但她已然明白。

"真高兴再见到你。"杰雷米说着向我走来,伸手想摸我的脸,"我好想你,我找你找得好苦。不过俗话说得好:有情人终成眷属。我知道你觉得我表现不好,但我已经反思过了,我可以解释的。要不我们聊一聊,行吗?"

"伊丽丝,还好吗?"让娜在我耳边轻声问道。

我点点头,但全身都在抗拒。我知道这天会来的,也觉得自己做好了万全准备。我在脑子里预演过无数次这个场景,到头来发现面对现实的难度是想象中的好几倍。我心里只有一个想法:跑、再消失一次、躲起来、躲到一个他找不到的地方。我害怕，害怕杰雷米，但更害怕我自己。一见到他，我的力量、决心，以及勇气都消失殆尽了。三年来，这个人瓦解了我的信念，剥夺了我自主选择的能力，把我变成了受人遥控的提线木偶。只有在远离杰雷米的地方，我才意识到他对我的影响有多深。想到真相还可能再一次被蒙蔽，我下的结论还会被他推翻，我就觉得恐怖至极。三年来，我相信他胜过相信自己。此刻，面对着眼前这个人，我不知道自己是否还能挣脱。让娜的手温柔地摸了摸我的背。我明白自己不能再退缩了，我走出雨伞，向杰雷米迎过去。

"行，我们谈谈。"

我们找了家咖啡馆坐下来。杰雷米身上穿着我走前几天送他的运动衫，他点了两杯水，攥住了我的手："我好想你，想得快要担心死了，一开始我还怕你出事了呢。能找到你真的太好了。你呢，见到我开心吗？宝贝！"

我没说话。杰雷米笑笑："我知道你还恨我，我反思过了，毕竟我时间多的是。宝贝，我们一家三口生活在一起会很幸福的。是个男孩儿吗？"

我点点头，算是默认。他的眼睛里蓄满了泪水。

"那就叫路易吧，我祖父也叫这个名字。我把书房腾空了，可以改成儿童房。我们能重逢是多么幸运啊，这世上的灵魂伴侣这么少，伊丽丝。我知道要结婚了你很担心，我也一样。但我确信，我俩注定天生一对，只不过有些时候太爱了，爱的方式就会激进一些。我来帮你收拾行李，然后我们就一起回家。等你先喝完这杯吧。"

我举起杯子一饮而尽。最近一段时间我时常想到朱莉——我理疗学校的同学。有天她来上学的时候，我们看到她眉毛缝了一针，眼眶也有瘀青。朱莉解释说自己撞到了门框，但后来还是选择了坦白：前一天晚上丈夫打了她，他之前也动过手，但这次尤其狠。朱莉也去父母家避过难，向法院上诉过，但没等几天他俩就又和好了。朱莉不敢告诉我们，我也是偶然得知这个消息的。有天教室里只剩下我和她，她跟我说了自己的苦衷。她当然讨厌丈夫对妻子动手，但同时她也爱这个人；他暴力没错，但也贴心、大方、风趣、善于倾听；他还发誓自己会改，会去接受治疗。那学期课结束以后我就再没见过朱莉，也不知道他俩是不是还在一起，但我始终记得当时的心境，那就是不理解她，甚至轻视她。在外人看来，男人再犯是显而易见的，任何优点都无法为他的暴力开脱；但作为外人，观点也难免有失偏颇，只有身在其中，才能体会受到了压制的女人要做到断然决绝有多困难。身在其中便无法保全自己，我们看一个人是看他的整体，曾经的幸福会冲淡当下的痛苦，原本不可饶恕的罪过在优点的映衬下也显得没那么严重了。我看向杰雷米的眼睛，眼前闪过的是他下班回家亲吻我的额头，是他在我消沉时的抚慰，是浴室镜子上凝结的水珠和他写在上面的爱语，是我们在沙滩上的野餐。这些温柔瞬间的确存在过，但那些暴力行为呢，它们也的确发生过，是不能被抹杀的。

我把杯子放回去。

"我不会跟你回去的。杰雷米，我们之间结束了，婚礼也取消了，我要留在这儿。"

他握紧了我的手："伊丽丝，求你了，别这样。我知道我是个混账，但那是你逼我的。你还想让我怎么做？我知道因为爸爸去世的事，你还在难过，这很正常。你需要别人帮你恢复理智，我那么做虽然看着很无情，但也是为了你好。你明白吗？这世上只有我真正理解你。"

从前，杰雷米的意志就是我的意志，我的想法都被他的取代了。

但这几个月远离了他，抽身出来，我终于注意到了以前未曾发现的细节、他那些卑劣的控制手段。这个男人不断地戳我的痛处，让我相信只有他才能让我的伤口愈合；他抹杀我的自信，欺骗我说这世界上除了他再没有人能接受我；他纵火烧毁了我的自信，却一身消防员的行头假装救世主。

"为孩子想想吧。"杰雷米加重了手上的力道，"怀孕的代价有多大？你自己一个人承受不来的。况且，我是孩子的爸爸，你不能剥夺我当他父亲的资格。"

他还在滔滔不绝，声音越来越大，但我已经无心听下去，这个男人从我的眼前消失了。我的思绪离开了身体，飘向了拉罗谢尔，回到了我之前公司的休息室。

七个月前

我不知道自己怎么忍得到晚上。杰雷米知道肯定会高兴坏的。我紧盯着验孕棒，两条显示都是阳性。毫无疑问，我已经怀孕三周多了，应该是一个月前吃日料那次中的奖。那天我们俩在吵架，杰雷米觉得旁边桌的男人一直在偷偷看我。我说他多心了，想转移他的注意力，但没什么用，他还是执意这样认为。回家之后我去冲澡，杰雷米忽然钻进了浴室。跟往常不一样，他那次动作很粗鲁，这有点出乎我的意料。

最近这几天我一直觉得浑身乏力，给小迪梅欧做康复训练时甚至差点睡着了。而且最奇怪的是，月经迟迟没来。我把这件事告诉了同事科拉莉，心里隐隐抱有些许期待。午休的时候她帮我买了验孕棒，测出的结果让我难以置信。因为虽然吃避孕药也会有怀孕的风险，不过这种可能性是微乎其微的。

我不知道该怎么告诉杰雷米这个消息。他不喜欢惊喜,但我仍想让这一刻变得难忘一些。就在上周,他还因为电影里婴儿出生的情节落泪,对朋友弗雷德的小孩儿也总是宠溺有加,我知道他会成为一个好父亲。杰雷米有些时候虽然苛刻了些,但总是有自己的依据的。

杰雷米每天都要打好几次电话,不管忙不忙我也都会接。只有一次,我给病人会诊的时候把电话忘在车里了,等我回去的时候,手机上显示有三十二个未接来电,以及语气担忧的短信若干。我用一种平淡的口吻接起电话,以免杰雷米生疑。我想当面再宣布这个好消息,迫不及待地想看到他得知自己快要当爸爸了的样子。

我们聊了两分钟就挂了,接下来的时间显得如此漫长。我从来没有这么焦急地盼望着要回去。我到家后过了半个小时杰雷米才回来,他笑眯眯地拥抱了我。明天是周末,我们计划要去多尔多涅省的岩洞徒步。我往后退几步,掀开了T恤,露出自己的肚皮,那上面有彩笔写的一行小字:宝宝正在加载中。

"你要当爸爸啦!亲爱的。"

他笑得更欢了。

"什么?"

"意思就是说,你的小蝌蚪好像钻进了我的卵子,我们马上要有个宝宝了,一个会哭鼻子还会拉屁屁的小宝宝。"

他笑出了声,大概以为我在开玩笑。我从牛仔裤后袋里掏出了验孕棒。

"你玩我呢?"

笑容从脸上撤掉了,杰雷米的声音变得冷冷的。我的心一下凉了,他自觉失态,语气也缓和下来,揽住我的身子。

"我们在一起不是很好吗?宝贝,就你和我两个。孩子会让我们变生疏,这是肯定的,毕竟我们那么爱彼此。"

我的头抵在杰雷米的胸膛上,手用力地攥着验孕棒。

"我以为你会很高兴呢。"

他猛然推开我,让我差点失去平衡被地毯绊倒。

"你现在是想干什么,让我自责吗?"杰雷米的声音没有一丝温度,"我们之前不是说过好几次吗?我从来没说现在就要孩子。也许我之后会改变想法,但不是现在。我以为自己说得已经很清楚了。"

"不,我没明白你的意思。"

"那当然喽,你只会不停地惹麻烦。如果你能对周围的人哪怕多一点儿关心,也不会跟我开这种烂玩笑。你就应该自己悄悄把问题解决了,省得告诉我。现在可好了,周末都被搅黄了,你满意了吧?"

杰雷米绕过我,径直去洗澡,留我一个人愣在原地,不知如何是好。我那时只能确定这一件事:我爱这个孩子,自从验孕棒上出现那道显示阳性的蓝杠,自从我知道这个生命的存在,我就不可抑制地爱上他了。

我在厨房忙着准备晚饭,杰雷米从浴室走出来,衣着整齐。

"我们出去吃吧?"他建议道。

"我不饿。"

"伊丽丝,你就只会小题大做!有我一个人还不够吗?

我不能满足你了是吗?"

我继续给黄瓜削皮,手上没停,也没回话。杰雷米走上前来,脸紧贴着我的脸。

"回答我!"怒吼在耳边炸响,"有我一个人还不够吗?"

我忍住眼泪:"不是的,而且这跟孩子有什么关系呢?"

"怎么没关系!我只想要我们两个人在一起,你别妄想塞个孩子进来。你是不是忘吃避孕药了,为什么这么不小心?我不管,反正你得自己收拾这个烂摊子。"

"你什么意思?"

"我什么意思?"他学着我说话的样子,"还要我列个大纲吗?你自己解决这个问题,别再跟我说什么孩子的事了。我都不知道这是不是我的种。"

我知道,要是不想激怒杰雷米,吵架的时候最好不要回嘴。这个方法有些时候行得通,但有些时候,他会把我的沉默当作蔑视,那情况就会失控。

杰雷米用力按住我的肩膀,把我推离了料理台。为了保护孩子,我几乎是下意识地护住了肚子,这个举动使得他失去了理智。只见杰雷米的胳膊抬起,我还没来得及反应,脸上就重重地挨了一记耳光。我感到天旋地转,耳朵嗡嗡的,伸手捂住了脸,他趁这个空当打了我肚子一拳。我听到一声哀号——从自己嘴里发出来的,我好不容易跑出来,跑到了房间里躲着。我蹲在床脚,试图在如雷的心跳和耳鸣之间辨认他逐渐靠近的脚步声。过了很久,直到睡觉的时间杰雷米才出现。我假装已经睡着,面朝着墙躺着。

"宝贝，我不是故意的，不过你刚刚真把我惹毛了。好了，我保证，再没有下次了。你还恨我吗？"

我没有回答。

"伊丽丝，你还恨我吗？"杰雷米提高了音量。

"不恨了。"我声音很小，努力抑制身体的颤抖。

他在我身边躺下来，呼吸正对着我的脖颈，手落在我的胸上，然后一路下滑，直到摸上我的肚子。

"我让你自己处理，可以吗？"他在我耳边低语。

没有回音。

"伊丽丝，可以吗？"

"好的。"

我整夜没有合眼，每一秒都像走在刀尖般煎熬。我脑子乱成了一锅粥，心里的想法更是瞬息万变：原谅杰雷米，留在他身边？跟他讲道理？回娘家？去其他地方避避？我能去哪儿呢？要取消婚礼吗？要离开他吗？要放弃当下的生活吗？难道要抛弃我的孩子吗？如果杰雷米找到我呢？如果他说的都是对的呢？

一大清早杰雷米就起床了，照例吻了吻我的额头，然后准备出门晨跑："我回来的时候买点羊角面包。等会儿见，宝贝儿。"我耐心地等着大门关上，站在窗户后面看他走远，接着手忙脚乱地随便收拾了一点儿行李，用那只绿色的皮箱装着。我留了一张字条给他："比起你来我更想要这个孩子，别来找我了。"踏出家门的时候，我的心脏狂跳得像要爆炸似的。我发动汽车，开出了车库，至于目的地在哪儿，我自己也不清楚。

"别这样，宝贝，你得清醒一点儿。"杰雷米说着抓住了我的另一只手，"你想让我道歉吗？没问题，我错了，我动手确实不太妥当。但是你不吭声直接离家出走把我吓坏了。那件事值得让你和我吵架吗？为了那件事你就要这么折磨我吗？人都会犯错的，不是吗？为那些客人想想，他们都收到婚礼请柬了。为你妈妈想想，伊丽丝，你那么爱她，我从你的眼睛里可以看出来。这点困难我们能克服的，回来吧，我们一起创造一个小家庭。"

我抽出自己的手，直勾勾地看着他的眼睛。

"我不会回去了。这不是妥不妥当的问题，这是暴力，赤裸裸的虐待。我不想和你争论，你总有办法把黑的说成白的，把自己伪装成受害者。怀孕之后我忽然就看清了，你施加给我的东西，我不允许你再施加到我的孩子身上。我在重新找回自我，我已经开始这样做了，我已经不怕你了，你再也控制不了我。你不爱我，杰雷米，我也不爱和你在一起时的自己。我不想再见到你，如果你敢再来，我就报警。你动手的第二天，我就去了急诊室检查孩子的情况，我手里有证据。我警告你，离我和孩子远点儿。"

我从来没抖得这样厉害。我拿起提包和大衣，走出了咖啡馆。让娜站在街边，手里的伞偏了偏，把我罩在了下面。

让娜

这次去墓园看望皮埃尔，堪称让娜最为激动的一次。前一天晚上，她辗转反侧难以入眠。

在去的途中，让娜试着将注意力转移到窗外的车水马龙上去，但收效甚微。于是让娜在心里把最近发生的事默默过了一遍。伊丽丝碰到前男友时的神情真把让娜吓坏了。他俩谈过之后，伊丽丝走出咖啡馆，向她倾诉了全部，让娜之前就已猜出个大概。迪欧听完更是表示要去收拾杰雷米一顿，"我三个月的空手道可不是白练的，一定把那家伙揍得满地找牙"，不过当伊丽丝婉拒之后他还是明显松了一口气。这天晚上，借着互相吐露的真心话，他们仨终于从最初的合租室友变成了真正坦诚相见的朋友。

让娜缓步走到皮埃尔墓前，伸出的手战栗得比以往都要厉害，深情地摩挲着丈夫的相片。她想起了当初是如何艰难地挑出了这张照片。她翻遍相册，每一张都牵扯出一段回忆。是选这张看起来都不像他的证件照，还是另一张更随意的生活照？是选结婚照，还是那张日落时分在圣让德吕兹拍的照片？是选他穿西装的，还是穿牛仔裤的？皮埃尔是这些瞬间的总和，没有一个固定形象能概括让娜心目中的他。

"亲爱的，我来了。"让娜低声打着招呼，"但今天我不是一个人来的。"

她向伊丽丝和迪欧招了招手，他俩一直站在几步开外，现在才走上前来。

"我给你介绍一下，这是伊丽丝、迪欧。孩子们，这是皮埃尔。"

伊丽丝朝墓碑大声问好，迪欧则行了个滑稽的屈膝礼。为了今天这个场合，不用让娜提醒，他就自觉地换上了之前约会时被要求穿的西服，还乖乖打上了一个领结。让娜被他的庄重逗得忍俊不禁，伊丽丝则是非常诚实地笑出了声。

"这两个孩子对我来说很重要，我想通过讲述之外的方式让你认识他们。伊丽丝是个了不起的女人，她很坚强，待人慷慨大方。她肚子里的宝宝真有福气。迪欧是个热心肠的小伙子，也非常勇敢。是你在冥冥之中把他们俩带到了我面前。多亏了伊丽丝和迪欧，我才从失去你的阴影中走了出来。"

迪欧用手背擦了擦眼睛，声称沙子眯了眼。伊丽丝响亮地吸着鼻涕。让娜换了个话题。出于对老人隐私的尊重，两个年轻人退了下来，坐到了长椅上。

"要是我，我就选火化。"迪欧盯着远处，"我不想逼着别人来墓上哭我。有段时间，我妈就因为不能去给我外婆扫墓而过意不去。所以我只是希望他们有那个心，能想一想我就行了。"

"要是我，我就选不死。"伊丽丝随口开了个玩笑。

"啊对，这倒是个好主意。不过我觉得条件允许的话，还是先学会怎么下楼梯不摔跤吧。"

让娜跟之前一样待了很久。伊丽丝和迪欧饶有兴致地观察着周围，看着墓园人来人往的世间百态：有人沮丧消沉，有人别无他求，有人行色匆匆，有人陷入沉思，有人睁大好奇的眼睛打量周遭，还有人满面沧桑饱经风霜；有孤身一人的、双人成行的，还有乌泱泱一群人来的；有晚辈，也有晚辈的晚辈；有孤儿、寡妇、母亲、祖父、兄弟姐妹、外甥侄子，还有死者的朋友。

"我们走吧！"让娜招呼着孩子们，朝这边走来。

伊丽丝和迪欧跟在身后，忽然小伙子转过身来，折回了皮埃尔的墓前。两个女人诧异地望向他，但由于距离太远，她们什么都听不清。

迪欧轻声说道："我不信命，不过如果真是你把我带到了你老婆身边，那我还确实得说声谢谢，因为你也把她带进了我的生活。"

迪欧

我早知道那辆二手车快报废了。前几天我收到一条短信,说警局保管处最多只能再帮我看一个月,只要我能证明这是我的车,再交笔罚款,就能取走落在里面的东西。我对这事儿很上心,这几个月一直在存钱,已经存了两百欧元。我心想两百欧元大概够了,就去蒙特勒伊的保管处提车。负责的那哥们儿把发票递给我,我看了一眼,马上说他搞错了。

"您这儿多了个零啊!"

"你小子算盘打得可真精。"他回答。

事实是发票没有多算一个零,也不能分期付款。于是我只能让他们继续保管我妈留下的小字条、贝瑞·怀特的唱片以及我和弟弟唯一的合照。我打算等彩票中了奖,就回去取。虽然我从来不需要靠什么物件来留住记忆,但这几样东西我确实没舍得扔。我离开了保管处,满脑子都是过去的日子。我觉得是时候去见一个老朋友了。

傍晚七点,我一路走到了那所带蓝色百叶窗的大房子前,每晚睡觉的时候它都会出现在我梦里。在想象中,我已经摁过几十次门铃了,但真正摸到时,我的手还是忍不住抖了起来。现在要逃还来得及,我还有时间。这时门忽然开了,一个男人走了出来,估摸着年纪大概有五十了。男人没有说话,等着我向他推销房子。

"马克吗?"

"是的。您是?"

现在打退堂鼓还来得及。我害怕自己说出一些蠢话,害怕自己后悔,害怕来得不是时候,更害怕命运从此发生改变。

"我是迪欧,洛尔的儿子。"

他走下台阶,走到我的身边。我没看清他脸上的表情,我傻站着，双腿发软，心跳加速。

马克搂住我的脖子，把我拉过去搂在怀里，搂得很用力，熟悉的一切都回来了：他身上皮革和烟草的味道，他扎人的胡楂，他的笑声，每晚给我讲的睡前故事，他教我画的画、帮我解的习题。马克不是我爸，但他是最像的那一个。

"迪欧，我就知道你会来的。你还留着我的地址，对吧？"

我说不出话来，只得点点头。马克开门请我进去。这所带蓝色百叶窗的房子没我想象的大，也更脏乱一些，不过因此也显得更加真实。一个小女孩儿跑出来，见到我，怯怯地抱住了马克的腿。

"米娅，跟迪欧问好。他是你哥哥的哥哥，所以也算你哥哥。"

"我又有一个哥哥啦？"

我们走进客厅，一个女人坐在沙发上，直勾勾地盯着我。马克走过去，我跟在他后面，心里没个底。

"这是迪欧，洛尔是他妈。"

"我知道了。"女人对我微笑，"我叫吕蒂维娜，见到你很高兴。"

眼前的场景太过美好，是我做梦都不敢梦到的。马克问我现在在做什么、住在哪里，但一点儿也没问到我妈。不过我还是告诉了他车祸的事，之前，我从没有跟爱她的人说过。

"对不起，我不知道。这都是五年前的事了？就是因为这件事你才不给我回信？"

我说是的，但实际上我不回信是因为再也不看他的来信了。马克发来的照片总在提醒我，我曾经拥有这么多东西，现在却什么都没了。

"你妈不坏，她只是不适合这个世界。"

吕蒂维娜没说什么伤人的话，米娅倒是问了我一大堆问题。一只虎斑猫在我脚边绕来绕去，一切都让我感到放松，但最重要的人还没登场。

"他不在吗？"

"你弟弟？他在房间里做功课呢。来，我们一起去叫他。"

马克让我打头阵，全家人都跟在我身后。我感觉像要去做什么大事一样，不过等会儿也确实会有大事发生。

门口挂着一个"禁止入内"的标识，那是一块真的告示牌，不是用什么便利贴写的。我心里暗自发笑，以前我、热拉尔、艾哈迈德一起偷过一个，就在市政厅旁边的十字路口那边，但还没拿回房间就被老师发现了，我们只好乖乖地把牌子放了回去。

马克伸手推开门，示意我进去。卧室光线很暗，只有装饰彩球和台灯发出的一点儿亮光。听到门响，我弟弟转过头来，看到我，他吃了一惊："迪欧？你在这儿干吗？今晚没有空手道训练啊！"

"哈喽，山姆。"

伊丽丝

那天跟杰雷米谈完以后，我的肚子猛然长大了一圈。让娜认为这是因为我的身体终于接纳怀孕这件事了，但我觉得只是我的身体迷恋上了卡路里。再过一个多月，我就能咬到一个小朋友胖乎乎的腿了。我安心等待着，一边享用迪欧做的小甜点，每天给我准备一份甜点已经成了他的任务。让娜秉持着团队精神，也加入了我的下午茶品鉴活动。迪欧这傻小子做甜点确实有天赋，因此对于他学我像企鹅一样走路的事，我有时也就宽宏大量，不追究。

我曾以为跟杰雷米说清楚之后就了结了，但事实证明只是我太天真。咖啡馆一别，他每天都用无数通电话、无数条短信轰炸我，有时可怜巴巴有时凶神恶煞，我都一概不理。有天上午我带布迪纳散步，在楼梯上和杰雷米撞了个正着。他攥住我的手臂，用力得指甲都嵌进了我的肉里，想强行把我带走。我顽强抵抗着、挣扎着，他把我按在墙上威胁说不准出声。我照做了，乖乖跟着他走到了底楼，对着维克多的窗户大喊起了救命。维克多探头出来，刚想看看什么情况，杰雷米就仓皇逃出了公寓。

让娜陪我去了警局，警察替我录了口供，称晚点会传唤杰雷米。接下来的好几天我都没收到他的消息，这让我有些心神不宁。我倒宁愿他闹出点动静，这样就能知道他究竟想干什么。终于，今天早上他发短信联系了我。

"伊丽丝，走到如今这一步是我不愿意看到的。但我再也无法忍受你的所作所为了，所以决定结束这段关系。你不用回复我，也别再联系我，我是不会回心转意的。婚礼我来负责取消，我卖了你留在家里的东西，把账结了。你也别找我要什么抚养费，这孩子我是不会认的，你自己跟他说你是个多好的妈妈吧。我把一切都给你了，但你总是不满足。祝你早日找到下一个——杰雷米。"

一颗悬着的心落回了肚子里，我悄悄推开一点儿大门，还不敢完全相信这是真的。毕竟杰雷米不是那么容易放弃的人，甚至连一本撕坏了的书都不会轻易扔掉。这个男人的原则就是坚持到底，他对女人如何也就可想而知了。

不管杰雷米消失与否，我都无法轻易摆脱他。即使他人不在，他的阴影也会长久地笼罩着我。我会在街道上止步，会听到一个相似的声音、看到一个相似的背影就惊跳起来。但时间是良药，日复一日，年复一年，我终将摆脱他的控制，找回自己的方向。

现在只剩一件小事需要处理了，我坐在床沿，拨通了一个号码。

"妈妈，是我。"

现在我终于可以不再顾及母亲的担忧，告诉她实情了。我说了杰雷米对我的羞辱、谩骂、暴力行径，说了我的恐惧、羞耻和孤独。我隐去了那些龌龊的细节，但完全没有留给她一丝为那个男人开脱的机会。等我终于讲完，电话那头传来的是母亲的抽泣声。

"我不敢相信。"她哭得抽抽搭搭，"杰雷米看起来不像……他那么……我从来没想过他是这种人。对不起，宝贝，你一个人肯定觉得很孤单吧？"

母亲的抽泣声变得更强烈了，我说了一大堆安慰的话。她已经知道了我想让她知道的，没有必要再指责谁了。

"为什么你之前不告诉我？如果我知道这件事，一定会劝你尽早离开这个人。"

"妈妈，这件事没那么简单，你明白吗？"

"我知道，但是不管怎么样你也应该跟我说啊！他第一次骂你的时候你就不应该忍，就该早点跑。我不懂那些被家暴的女人为什么不走，说到底她们自己也有责任……"

她及时打住了话头，没再继续下去。这句话我听人说过很多次，甚至有时是从我自己嘴里蹦出来的。这句话让角色颠倒了，为有罪之人开脱，把责任推到无辜的受害者身上。这句话让人觉得，女人遭遇家暴一部分原因是她活该，谁叫她不跑？我母亲也许会明白，因为这次受罪的是她的女儿。人的本性就是这样：事情落到自己身上之前，永远不能真正理解他人的苦痛。

因为害怕，因为还爱，因为受到控制，因为自责，因为孩子，因为孤独，因为缺乏经济来源，或是因为没有地方可去，这都是她们没有离开的原因。受害者从来都不是有罪的那一方。

沉默了几秒后母亲说道："我要把杰雷米送我的花瓶扔了，我再也不想看到这个浑蛋的任何东西。他要是还敢来这里，我就给他点颜色瞧瞧！"

"还有件事，妈妈。"

"嗯？"

"我现在还不能告诉你我留在这儿的原因，但我可以说说我当初为什么要走。"

我告诉母亲她就要当外婆了，回应我的是几声惊喜的尖叫，以及一连串的叮嘱。之后，我来到客厅，让娜、迪欧都在，一块朗姆巴巴蛋糕①正等待我的褒奖。

"我特意做的没有酒精的！"迪欧贴心地解释道。

让娜拿起了自己的勺子："我希望我的这份是有酒的。"

让娜

让娜忍了大半生的眼泪，不仅旁人在场时如此，就连只身一人、无须在意他人评价时，也照样将苦泪吞进肚里。大人在她小时候就这样教导她，她也听话照做，其执行毅力令人敬佩。在挚爱皮埃尔的葬礼上，她尽管全力维持了自己的体面，但她心头仍是疑惑：为何体面就不能哭泣？就好像流泪是可耻的，伤痛是粗鄙的。

然而悲伤来势汹汹，终于冲垮了理智的堤坝。生平第一次，让娜害怕得无法自持。她动用了全身来发泄：她的眼睛、她的嘴、她的喉咙、她的膈膜、她的肚子、她的双手……她感觉自己化身成了野兽，最后精疲力竭，却惊奇地觅得了久违的安宁。这次意外以后，她一旦感受到眼泪上涌的欲望，便会放任自己沉溺其中。从此以后，

---

① 一种流行于法国和意大利的，在圆筒形蛋糕上加入朗姆酒风味果糖浆的甜点。

不论白天还是黑夜，让娜都随心所欲，忘情哭泣。她充盈的泪水填补了皮埃尔走后的空白，也缓解了路易丝和父母离开造成的伤痛，甚至抚平了自己的饥肠辘辘。

流泪让她感到宽慰，让娜后悔自己没有早点知道。她不明白，明明是让人解脱的事，为何要被形容得如此不堪。因此当伊丽丝放声大哭，哀叹腹中的孩子再也认识不了外公时，让娜没有选择为她拭干眼泪，而是轻轻拥她入怀，让她尽情哭一场。

让娜挺喜欢伊丽丝的。伊丽丝自我保护的方式、对于习惯的极度尊重，都时常让让娜想到自己。她喜欢清晨在伊丽丝的陪伴下缝补衣物，有一搭没一搭地说闲话，拐弯抹角地谈论她们自己。

"天哪！"让娜停下手里缝补婴儿襁褓的活计，抬起头惊呼，"一下没注意时间，我迟到好久了！"

她一把抓过自己的包，急匆匆地拿起外套、穿上鞋子，一阵风似的离开了公寓，一路上都心无旁骛：她完全忘了和皮埃尔的约会！这怎么可能？！

最后终于赶到，让娜不禁连声道歉："我干活儿干得太专注了，手工网眼花纹刺绣是个细致活儿，所以忘记了时间。我是第一次犯这种错误，再也不会有下次了。"

让娜细致地擦拭着墓碑，昨夜的雨已经蒸发，只留下一道道水痕。她走去水龙头那边，想给鲜花换水，也就是在这时，她发现了一个之前没有留意的细节。花瓶从手中滑落，让娜捂住嘴，俯身端详一旁的坟墓。西蒙娜总会悉心更换鲜花和装饰，在它们有枯萎迹象时就换新，因此坟墓永远花团锦簇，从未像现在这样：花束和花圈严严实实覆盖了墓碑，几块墓板似乎是新添的。为了证实自己的猜想，让娜凑得更近了点。不出所料，西蒙娜·米尼奥从此永远长眠于自己丈夫的身侧了。

让娜忽然感到悲从中来，尽管她俩并不熟识，但仍分享了彼此的生活。她忘记了花瓶，也忘记了按照惯例要做些什么。

"西蒙娜去世了。"她喃喃自语，喘不上气，重新走回皮埃尔墓前，"我相信她重获了新生，寻得了解脱，而我还困在这里。她还没真正活过就死了，我老是想起她在元旦那天跟我说的话：'生活就在这门的外面。'亲爱的，今天我忘记了我们俩的约会，这不是巧合，这是因为我在忙着生活。看到我每天都来，你会怎么想，我心里很清楚。"

让娜停顿了一下，凝视着空空荡荡的长椅，发出了一声长长的叹息。

"供货的社团问我，能不能教那些生活没有保障的女士刺绣。我拒绝了，因为这样就没法一周来看你两次。不过我现在决定答应他们，但我还是会经常来叨扰你，不要以为我完全就变了一个人。只不过我俩不一定要在这里见面，我知道你和我在一起，每分每秒，一呼一吸，都一直和我在一起。"

让娜摩挲着皮埃尔的相片，她一生的挚爱。

"来吧，让我带你到这门的外面去。"

迪欧

我有点犹豫要不要继续上空手道课，之前报这个班纯粹是为了认识我弟。虽然我从来没看出这项运动的乐趣，不过它总归给了我一个和山姆相处的机会。

我脑子里不停地回放着和山姆重逢的情景，现实很少能够美过我的幻想，所以我才这么珍视它。他坐在书桌前，装模作样地写作业。他爸告诉他我来了，而我已经说不出话来。山姆早就不记得哥哥是什么样了，不过这也不奇怪，我们分别的时候他才三岁，但他经常听到别人提起我。早知道是这样，早知道世界上还有人惦记着我，那我一定会毫不犹豫地找上门来。

马克录下了这一幕，山姆的小妹妹冲到他怀里抱着他。要是空手道课上别人这么干，他就不太喜欢。

"你怎么骗人？"

"因为我不知道你会怎么想，甚至不清楚你知不知道自己有个哥哥。"

"我爸说你会回来，我不太肯定。毕竟不是十拿九稳、稳操胜券的事，我也做不到胸有成竹。"

"山姆，别再学大人说话了好吗？"马克录着录着，摁下了暂停键打断他。

小家伙瞟了我一眼，嘿嘿笑了起来，我也没忍住，跟着他一起笑出了声。要是我妈在，一定也会这么叫他：我的小开心果。

一大家人都想留我吃晚饭，但最后我还是走了。今天让我激动的事有点多，我有点承受不住。

那天之后马克给我发过两次短信，但没有山姆的任何消息。

上空手道课的时候我等着他来，一直在想他是会跟我握握手，还是给我个飞吻、拍一拍我。山姆进了教室，远远地打了个招呼，之后就没找我说话。我看到他时不时瞟我一眼，但没什么其他表示了。课一上完，我衣服都没换，直接在道服外面套上夹克，穿上运动鞋就出来了。快到地铁站时，我听到后方传来自行车的铃声。

"迪欧，你不陪我回家吗？"

我耸耸肩，想表示自己并不介意，但内心却实打实欢呼起来。山姆推着小自行车，我跟在他旁边，一路走着。有件事我一直瞒着他，我俩第一次这样一起回家，其实就是因为我把他的车胎给扎破了。

"你今天怎么溜得那么快？"

"我明天要上早班。"

"那你运气挺不错嘛。我爸说你是甜点师。我也好想早点工作啊，但这不是一朝一夕就能完成的。我讨厌上课，尤其是数学课，要学除法，我一看就头疼。"

"你以后想干吗呢？"

"我想在加油站打工。我爸老说这算什么工作，但是我觉得这样可以见到很多人，还能坐着，不是挺好的吗？再要不然，我就去当个攀岩教练，或者空手道老师。你有妈妈的消息吗？"

我一下被问了个措手不及。

"你爸没告诉你吗？"

"她出车祸了是吧？你经常去看她？"

"一个月去一次吧，下次可以跟你爸说说，让你也去看看。"

他停下来系鞋带，我就帮忙扶着自行车。

"我不知道。"山姆说，"现在我的妈妈是吕蒂维娜，那个人已经抛弃我了。"

我没说话，有些东西是说不清的，只有时间能够让他明白。或许有一天山姆会懂得很多事并没有那么简单。妈妈从来没有抛弃我们，她抛弃的只有自己。她爱上了一个人，但这爱对她来说太沉了。将来我会给山姆看那封信，是我小的时候妈妈写的，现在贴在疗养院她的房间里。车祸之后人们在她的钱包里发现了这封信，它还有个标题：嘴上的颜料。

我们到了他家，那所有蓝色百叶窗的大房子。山姆做了个拜拜的手势，问我下次训练之前要不要见面。于是我提议周末去看个电影,他同意了,打开门又转头对我说:"虽然这么久了你才来,不过有你当哥哥我还是挺高兴的。"

嘴上的颜料

"为什么你要在嘴巴上涂颜料啊?"

我摸摸你卷卷的头发,心里只希望你别再继续追问。我能回答你什么呢?"宝贝,妈妈马上要去做一件蠢事,这辈子最大的蠢事。在嘴巴上涂点口红看起来就没那么丑了。现在你快快睡觉吧,晚安。"

我给你盖好被子,把玩具熊摆在床头。你两只袜子穿得都不一样,一边是小熊图案,另一边是星星的。你还那么小。

我好想挨着你睡下,闻闻你头发的气味,再紧紧抱住你,但时候已经不早了,我没有退路了。我最后又亲了亲你,关上了卧室的门。厨房就在几米远的地方,你看不见的地方,我的初恋在等着我。

我们已有五年没见,其间好几次碰见他,我都假装不认识,这是我和你爸爸早就说好的。

我扶着门把手,心中充满了愧疚。他伤害我那么深,我如何能请他到家里,我们的家里来?我知道他不会再离开了。他令我作呕,也让我神魂颠倒。我唾弃他,同时也深爱着他。

我遇到那个人时还不满二十岁。在一个派对上,大家都在笑闹,而我却羞怯地躲在角落,像个透明人一样。

直到他出现在我的视线里。

他的步态,他金色的头发,他身上的气味,那样受欢迎的一个人，我整晚都黏着他，同他倾诉烦恼。他宽慰我，让我安心，我们甚至还一起跳了支舞。至于其他人，我并不在乎。

第二天我们又见面了。我从来没觉得自己这么漂亮、这么风趣、这么自信过。和他在一起，什么都有可能实现，他让我成为梦想中的自己。

我感到无比幸福。

但这幸福并没有持续多久。

人人都爱他，但我的父母偏不。他们禁止我和他见面，我怎么做得到？我撒谎，找借口偷偷跑出去和他约会，整夜整夜地不回家，在大家都睡着的时候把他带到家里来。有天晚上，我的笑声吵醒了母亲，谁都没听到她的脚步声，她在房间里把我们俩逮个正着。我母亲叫喊起来，把他推到了楼梯上。我跟着他一起私奔了。

接下来的故事并不美好。遇上你父亲之前，我已经被控制了多年，整个人都毁了。是他把我从泥潭里拽出来，耐心地给我爱和关怀。于是我们买了一栋房子，我找到了工作，然后我们结了婚。我开始学着珍惜这种简单的幸福，虽然始终没能遗忘另一种狂暴的爱。有多少次我几乎走到了崩溃边缘，有多少次我挣扎着不去找他，我已经记不清了。

后来你来了，你有长长的睫毛和天使般的笑容，你给我带来了幸福、驱散了丑恶。你出生之后，过去的事才真正成为过去式，所有的暴力、背叛和谎言才被彻底遗忘。生活给了我一次新的机会，但死亡又把它夺走了。

你爸爸去世以后，我也试着扛过去。我跟你保证过，亲爱的宝贝。我努力履行承诺，想给你一个未来。但我的脑子里、我的骨血里、我的梦里，全都是另一个人的影子。我的精神在抗拒他，但肉体却在渴求。

就一次，就这么一次。

我推开厨房的门，他就站在面前，一点儿也没变。

他就在身边的感觉真的很好。

我忽然惊醒，试图回想起他对我做过的混账事。这个男人让我抛弃家人、放弃学业。但他身上的气味扑上来，是的，他的气味。

我朝前迈了一步。

我的心疯狂地跳动起来，太阳穴一鼓一鼓的，脑子里什么都没有了。我伸出手，他在那儿，让我能够触到、抚摸到。我闭上眼，把嘴唇凑上去。

就一次，就只这一次。

你的房门打开了，我忘记了时间，也忘记了今夕是何年，我甚至不知道自己为什么忽然大笑起来。我没有马上看到你的身影，我也没有听见你走近的声音。你的小脚丫，套在不成对的小袜子里。我只是横在沙发上，听到有人叫我，费力地把头转过去。

"怎么了，妈妈？你躺在沙发上干吗？你在跟谁说话啊？你嘴巴上的颜料全都花了。"

没事儿，我很好。我自信、风趣，并且美丽，我们什么事也不会有。

"回去睡觉吧，乖宝贝，妈妈在跟一个老朋友聊天呢。"然后我发出一声怪笑，把瓶口凑到嘴边喝了起来。我的初恋。

伊丽丝

今天让娜不太想陪我遛弯儿。

"今天是周日，我还有要紧事。"她抱歉地说。

所谓要紧事，就是忙着和迪欧一起看介绍海牛的电视节目。我不知道这算不算暗示，但这种动物的移动姿势确实让我联想到了自己走路的样子。

走下三层楼快花了我半辈子的时间，我真想给楼梯安上一副滑梯，好解放我不堪重负的韧带。布迪纳则恰恰和我相反，活蹦乱跳的。但由于牵狗绳的主人行动过于迟缓，它最终也变得无精打采起来。

怀孕让我极度情绪化，一切情绪都被夸大了。我时而伤春悲秋，时而兴高采烈，在大笑和痛哭之间来回切换。每一天，我都感到越来越爱我的孩子，我会想象他的小脸、和他说话、闻他衣服上的奶香味。我买了几件婴儿穿的衣服，但大部分都是让娜亲手做的，我迫不及待想看他穿上是什么模样。不过做完最近一次的超声检查，我的焦急倒是缓解了很多。因为按照预估的出生重量，这个大胖小子大概会撑裂我的产道。

杰雷米是忍受不了我怀孕这件事的。

不出所料，这个男人只短暂地消停了一会儿，决裂短信发了几个小时不到，我的手机上就又出现了他的讯息："宝贝，再给我次机会吧，我们一起努力。别对我太残忍，我爱你。"我没回这条，后来的许多条也一概没理。本以为向警局报案能让他清醒一点儿，但显然我错了。杰雷米想决定整件事的走向，或许他会有新的恋情，或许他以后就追累了，但只有等他愿意的时候，才会彻底放过我。我仍旧保持警惕，虽然比起离开拉罗谢尔时，情况并没有什么大的改变。但一切又都不一样了,因为这一次,我不再是孤军奋战。

我和布迪纳逛了差不多两个小时,其中一个半小时都花在楼梯上。我为什么不选一栋有电梯的公寓呢?爬楼梯这件事最终会演变成一件奇闻,用大写加粗的标题写着:一孕妇创下世界纪录!是奇迹还是惨剧!历时三天四小时五十六分钟爬下公寓楼梯!已派出起重机前往支援。

打开门,让娜和迪欧屁股都没挪一下。这有点可疑,毕竟维克多说我走的时候,看到他俩下楼了。

"你们出去了吗?"我问。

"绝对没有!"让娜急得嚷起来。

"为什么这么问?"迪欧反将一军。

"维克多说刚刚在楼下看到你俩了。"

"这个叛徒!"让娜气鼓鼓的。

她站起身示意我跟上,迪欧在后面,连布迪纳也乖乖地跟着一起走。

"把眼睛闭上,不准偷看!"让娜如此命令道,走的方向正朝着我的卧室。

我听到门吱吱嘎嘎的响声,布迪纳的爪子挠着地板,然后是拉窗帘的声音,偷笑声,接着"当当"。我睁开眼,之前房间里摆着的矮桌消失了,这矮桌我从没用过,取而代之的是一个湖绿色的摇篮。

"这看起来……"

我噤了声,害怕说的话伤到让娜,但她替我说完了:"就是地下室的那个摇篮,迪欧和我用油漆重新刷了一遍。你不是喜欢绿色吗?"

"让娜,我……我都不知道怎么说了,太漂亮了。"

迪欧右手举到嘴边做麦克风状:"注意,眼泪预警:三,二，一，……"

我急忙憋泪，试图证明这小子错了，但显然泪腺不太听使唤。让娜把我抱在了怀里。

"很高兴它最后派上了用场，我真想看看宝宝躺在里面的样子。"

"你这老太太真烦人。"迪欧瓮声瓮气地说，"我从小到大都在努力为自己铸造盔甲，而你们却来打破它。"

让娜

让娜正在读刚从邮箱里取出的信，这时伊丽丝来到了客厅。

"我好像宫缩了。"

让娜一向以行事冷静自居。她好几次向皮埃尔保证，如遇紧急情况，自己一定会沉着思考、理性抉择。因此，面对年轻女人突如其来的这番话，让娜也给予了沉着冷静的反应："行吧。"

"应该不是快生了，预产期还早呢。"伊丽丝劝她放心，"应该是搞错了，过一会儿就会好的。"

像是为了推翻这个解释，她紧接着就发出了惨烈的呻吟，疼得几乎晕过去。让娜急得扑了上去："走！我们去医院！"

"等等，先别着急。助产士跟我说预产期前几周可能都有宫缩，不用太——哎哎哎哎哎哎哎哎！痛死我了！"

让娜从没经历过这种阵仗，有好一阵都手足无措。最后她终于强行镇定下来，拖着伊丽丝去了产科医院。

下到三楼，让娜意识到了自己的失策。伊丽丝每下一层台阶就要宫缩一阵，按这样的速度，等到了底楼孩子都快三岁了。于是她掏出手机，拨通了维克多的号码。门房一分钟不到就冲了上来，背着准妈妈和她肚子里的负担下了楼。

　　幸好产科医院离这里只有两条街远，维克多一路护送两个女人到了产房。伊丽丝中途不得不停下来几次，靠着让娜。她每次阵痛都引出一阵呻吟，每次呻吟都让老人身形摇晃。

　　让娜从来没有亲历过怀孕过程，至于生产就更不用说了，但这不是她感到激动难安的主要原因。伊丽丝、迪欧与她之间缔结了一种全新的感情，让娜从不敢称爱他们像爱自己的孩子，她只是单纯地喜欢这两个人，但这就足够让她为他们挂心了。

　　"可能是迪欧做的苹果挞有问题。"伊丽丝趁着两次宫缩的间隙说，"它尝起来味道怪怪的，我之前没敢说。"

　　"伊丽丝，你马上要生了。"让娜的语气不容置疑。

　　伊丽丝想否认，接着又是一波疼痛袭来，让她直接没了话说。

　　让娜跟接待处的护士说明这次到来的原因，从伊丽丝的包里掏出了所需的文件。接着孕妇被带到了产检室，让娜打算去休息室等一会儿，这时她听见有人叫自己。

　　"让娜，你和我一起好吗？"

　　她没多说什么，就跟着一起走了，静静地待在产房的一角，不打扰医生工作。眼前的景象深深触动了让娜，一个男人在伊丽丝肚子上绑了两条带子，放上几个监测仪，接着旁边仪器的屏幕上出现了一串数字。

　　"这是宝宝的心率，还有宫缩的强度。您要是感觉到了就告诉我们。"

　　护士检查了一遍伊丽丝的私处。让娜本能地走上前去，温柔地抚摸着年轻女人的额头："没事儿的。"

　　"我要耽搁他们好多时间了。"伊丽丝说。

　　一阵痛楚让她的脸都变了形，让娜看到伊丽丝的肚子紧绷起来，变得硬邦邦的,屏幕上的数字也发生了波动。助产士脱去手套,走到了伊丽丝身边。

"要开始生了,您离开的时候,就是带着宝宝一起了。"

伊丽丝又哭又笑。让娜紧紧握住她的手,拇指在上面不断摩挲着。

"陪着我好吗,让娜?"

让娜拼命点头,然后逮住迎面走来的第一个人,一个穿粉色手术服的医生,问哪里有可以稍微躺着休息一会儿的地方。让娜感觉自己再不缓缓,下一秒就要晕厥过去了。

迪欧

娜塔莉最近脾气特别臭。当然,要很了解她才能发现这一点。因为只看脸的话,你会觉得她脾气一直都很臭。但今天,除了每隔十秒就要叹一次气之外,她还在不停抱怨,发出的声音像熄火了的除草机。这是因为蕾拉,因为她招惹了娜塔莉,当着客人的面给了娜塔莉难堪。有位先生想要根烤得不焦的法棍,娜塔莉却拿了一根黑得发脆的,蕾拉看到了建议换一个烤得没那么熟的。娜塔莉就发作了:"你不能当着客人的面叫我丢脸。你觉得自己很了不起吗?你这没大没小的东西,我吃过的盐比你吃过的饭还多,懂吗?你把我当成什么了?"

我在心里回答了她最后一个问题,但怕说出来会惹她生气。蕾拉一有机会就朝我做小动作,说自己有多倒霉,或是滑稽地模仿娜塔莉。我笑了,又怕娜塔莉撞见,她已经有些起疑了。

我俩只要一碰到,总要努力制造点身体接触。就是管不住自己,我之前从来没有这种感觉,老想要见到蕾拉,听她说话的声音,闻闻她身上的香气。有次我正在打发奶油,蕾拉从我背后经过,顺手摸了一把我的屁股。这时一声尖叫响起,把我俩都吓了一跳。

"这是什么?"娜塔莉伸出颤抖的手指,指着我的屁股。

"这个?"我伸手摸了摸,"看起来好像是我的屁股。"

"别跟我打哈哈,你俩的把戏我早就看穿了。蕾拉,你摸他屁股干什么?"

"我不是故意的,刚刚脚滑了一下,顺手就扶到了。"

我俩都在艰难地憋笑。

"你俩在谈恋爱?"

"没有。"我俩同时否认道。

"那你们可要当心咯,我一直盯着呢。你俩来这儿可不是拍什么恋爱节目的,别想着搞什么小九九。"

我和蕾拉没吭声,都继续干活儿了,希望她不要发现什么才好,虽说我觉得这不大可能。

裤袋里的手机振动了起来,我躲到一边,怕娜塔莉继续啰唆。是让娜的电话,我锁上厕所的门,小声地说:"让娜,怎么了?"

"伊丽丝快生了。"

我还有三个小时才能走,娜塔莉从来不准人早退,所以我问都懒得问她。一下班,我就冲进了医院,接待处的护士问我是不是伊丽丝的家人。

"我是她儿子。"

护士把我带进了一间房。

"可能还要很久。"她说,"您要看电视吗?"

我说没事儿,不用。

但很快我就后悔了。我手机快没电了,而且一紧张,我脑子就不太好使，没法靠回忆和想象来打发时间。我待了一会儿，无聊地读起了医院墙上贴的告示，哺乳指南、母婴皮肤接触注意事项之类的。我跟蕾拉发消息说这件事，想哄她开心。一个小时之后她来了医院，带着一个充电器和一个三明治。

我感觉胃不舒服，什么都吃不下去，但还是尽力把三明治塞进了嘴。蕾拉让我很感动，她大概也看出来了。

"你害怕？"

"有点儿。"

"你很爱她吧？"

我想了一会儿。这是个很新的问题，没人这么问过，我还不太习惯，我对她们的情感还没有完全变成我内心的本能反应，但我回答道："嗯，很爱。伊丽丝和让娜就是我的家人。"

伊丽丝

加潘睡着了，蜷在我的胸脯上。

加潘·多米尼克·杜安，中间名是我父亲的名字。

我不知道自己在期待什么。有些人说分娩完母亲就会立刻爱上孩子，还有些人认为真正接受孩子是需要时间的。我本以为两种情况都可能出现，但实际上，我的爱意好比原子弹爆炸，为了容纳这个孩子，心甚至膨胀到了以前的好几倍的程度。助产士将宝宝放到我怀里，他的黑眼珠对着我滴溜溜地转，流露出一个孩子想对母亲说的话，我们的未来就在他的眼睛里。我感到人生圆满，我的内心一直有个空洞，直到孩子来填补，我才意识到这个空洞的存在。

医护人员把病床推到了走廊上，送我回病房，让娜就在一旁跟着。孩子足足生了九个小时,她就一直陪着我、宽慰我,握着我的手打气,在我痛得咒骂全世界的时候捂起耳朵。我母亲得知消息之后火速上了路,今天中午才能赶到。在那之前,让娜就暂时替代她,帮忙照顾我。

一打开门,我就看到迪欧在躺椅上睡熟了。听到响声他吓了一跳,惊醒过来。

"我没睡觉!"他辩解道,眼睛还没完全睁开,"蕾拉要回去休息,就先走了。哇!他好小一只哟!"

我轻轻侧过加潘的身子,好让迪欧好好看看。

"他好可爱,不知道样子随了谁。"

让娜也笑,接着用眼神询问我,是否能摸摸孩子。

"你想抱一会儿吗?"我问。

"没门儿!"迪欧大叫一声,后退半步,"第一天我是不会碰这小子的。"

"我在问让娜。"

"我想。"让娜喃喃道,眼睛亮亮的。

两双手同时伸了出来,小心翼翼地,让娜像接过一件瓷器一样,将加潘抱在了左臂里。她温柔地抚着孩子的脸蛋,握住他细小的手指摇晃着,又亲亲宝宝的额头。我看着这一幕,心软成了一摊烂泥。

"我得去干活儿了。"迪欧瞄了一眼时间,"要是你不累的话,今晚我来看你。"

"我和你一起来。"让娜把孩子交给我,"伊丽丝和我都需要休息一会儿。"

她弯腰吻了吻我的前额,接着望向我的眼睛,说:"谢谢你,这是我人生中的一个特别美好的时刻。"

我想我不需要再说什么了,我只是看着她,一切尽在不言中。

二月

　　房间里一下子只剩我和孩子。他的小肚子随着呼吸的节奏一起一伏，有时发出一两声呓语。他穿着一件白绒睡衣，头上还戴着配套的睡帽，都是让娜奶奶给他做的。我目不转睛地盯着他，眼前的景象叫人无法割舍。他是那么小，却让我的人生变得那么广阔。

　　我要好好品味和这个小人单独相处的时间，我要细细闻他身上的奶香，听他的啼哭，看他偶尔在梦中惊跳的样子。之后我要回公寓去，去年的某天我无意中租到这所房子，在机缘巧合下，和无意成为朋友的两个陌生人住到了一起。这所房子本是一个临时的避难所，现在却成了我的一个家；这两位陌生人本只是暂时的合租室友，现在却变成了我亲密的朋友。接下来，我要开启新的生活，他们俩也是我新生活的一部分。

　　前路仍有许多不确定的事。我不知道自己能不能找到一个合适的住所，也不知道会不会重拾理疗师的工作，甚至不知道自己会不会一直待在巴黎。明天又是新的一天，但有一件事我无比肯定：一些关系需要数十年才能建立，另一些人则能迅速熟络亲密起来，彼此变得不可或缺。让娜和迪欧就是我生命中不可或缺的存在，不管未来发生什么，至少他们会在我身边。

尾声

六月十五日

让娜的双脚浸在地板的阳光里,一年前的今天她也像现在这样,感受着脚下同样的光和热,心绪也是同样的宁静,直到大厦崩塌。让娜久久地站在光里,裸着,头发散开,眼皮合上,将自己的脆弱留给回忆。

等到从过去抽身出来,让娜穿好衣服,梳了梳头发,来到客厅,伊丽丝和迪欧都在。

"宝宝睡着啦。"年轻妈妈小声做着口型。

摇篮就安在沙发旁边,老人凑上去看。宝宝的脸蛋小小的,缩在脸旁边的手指也是小小的。日复一日,小家伙在她心里的分量越来越重。

"今天是个特殊的日子。"让娜说着坐了下来,"皮埃尔去世的一周年纪念日。虽然我之前从来没成功过,不过今天,我想试试,跟你们讲讲去年这天。"

让娜说了,说了旅行箱,说了自驾游的事,说了那天天气很好、天空湛蓝,皮埃尔下楼买面包。她说了聚集的人群,心肺复苏急救,说了皮埃尔望向她的最后一眼。关于逝去生命的最后光景,她语调很轻,目光仍深陷于昨天。她没看到迪欧煞白的脸,也没看到伊丽丝捂住嘴的手。

终此一生，我们会遇到成千上万的人，会无形之中同他们建立联系，这些联系和关系也塑造着我们本身。一些关系短暂如流星，一些则稳固持久。不管怎么说，它们都影响了我们的人生轨迹。可能是排队时闲聊了几句的路人，可能是打算并肩同行一段时间的伙伴；有人只是擦肩而过，有的却永远留了下来，留在了我们身边；有我们自愿选择主动认识的，也有我们迫不得已必须与之相处的；有人离开了，我们转眼就忘，也有的却深深镌刻在了我们的记忆里，还有的人，冥冥之中我们早已见过。

伊丽丝、迪欧：去年六月十五日

　　迪欧还记得那天娜塔莉的惊声尖叫："有客人晕倒了！"他几天前才找到面包店这个工作，现在一边回忆之前培训学的急救知识，一边冲到店外，给倒在地上的男人做心肺复苏。

　　伊丽丝也记得那天围聚起来的人群。许多人围在一位晕倒的老人周围，她正好经过，打算去一家护理机构应聘。伊丽丝跑过去询问是否有人叫了急救队，没人回话，于是她拨打了医院的电话。

　　他们俩都还记得有个匆匆跑来的赤着脚跪在地上的老太太。等救生员赶到现场，他们也就随着人群离开了。两个人的印象里只剩下了眼泪，关于老太太的样貌，他们什么也没记住。

　　让娜静静听着，听着关于他们早已相交过的人生的叙述。在察觉之前，命运就已经将他们串联到了一起。两个年轻人说抱歉，抱歉最终没能救回皮埃尔。

　　让娜久久没有说话，事实消化起来需要一定的时间。她惊异命运是多么无常，这两张面孔她早就见过，再次相遇时却未曾想起。

然后她笑了起来。

"你们没有救下他,但你们救了我。"

全书完

致谢

最初提笔写这本小说的时候，我能确定的只有两件事：第一，这本书要讲人与人之间的相遇。一生之中遇到的每一个人都或多或少地塑造了我们，我对这点一直深信不疑。因此值此致谢之际，我想到了自己生命中的那些相遇，正是它们的日复一日，才塑造了现在这个写小说的女人。

感谢我的家人，他们是我的根和魂、我的精神支柱、我的氧气。感谢我的丈夫和孩子们，是你们与我分享日常点滴、喜怒哀乐。感谢我的父母、姐妹、侄子侄女、祖父母、姑妈、叔叔们，感谢我生命中那些重要的人。

感谢我的朋友们，你们是我生活中不可或缺的存在：苏菲、辛西娅、塞雷娜、亲爱的贝尔蒂蒂姐妹，你们向我证明了，无论是什么年纪都能拥有友情和真善美。还要感谢玛丽娜、盖尔、巴蒂斯特、朱斯蒂娜、雅尼斯、福斯蒂纳，感谢你们一直以来的关怀和陪伴。

感谢所有愿意试读这本小说并且提出改进建议的读者：阿诺尔德、米里埃尔、塞雷娜·朱利亚诺、苏菲·鲁维耶、辛西娅·卡夫卡、巴蒂斯特·博利厄、康丝坦斯·特拉普纳尔、奥德蕾、玛丽·瓦雷耶、米夏埃尔·帕尔梅拉、苏菲·博尔德莱、弗洛朗斯·普瓦多、玛丽娜·克利芒、卡米耶·安索姆。

同时我也要感谢法比安·马尔索，感谢这位又名"高大病体"的天才艺术家，愿意慷慨地允许我这本小说与他的专辑（*Il*

nous restera ça)同名。我也真心推荐大家去听这位音乐人的歌曲，特别是这本小说的同名专辑，里面收录的歌曲《波卡洪塔斯》(*Pocahontas*)，多年来我每听一次都会垂泪。

感谢我的编辑亚历山德里娜·杜安女士，在我停滞不前的时候监督我，鞭策我继续前进。

感谢苏菲·德·克洛塞，感谢你对我的信任，感谢你独到的见解，感谢你对我的情谊。

感谢所有默默支持我出版这本小说的工作人员，因为有了你们的努力，这些文字才得以印刷出版成册，来到读者手边；也正是因为你们，许多美好的相遇和联系才得以实现。感谢法亚尔出版社的杰罗姆·莱叙、苏菲·霍格昂让、凯蒂·费内什、洛朗·贝尔塔耶、卡罗勒·所德若、凯特琳娜·布尔热、埃莱奥诺尔·德莱尔、弗洛里安·马蒂斯克莱尔、波利娜·杜瓦尔、罗曼·富尼耶、波利娜·富尔、阿里亚纳·富贝尔、韦罗妮克·埃龙、伊丽丝·内隆班塞尔、弗洛朗斯·阿姆利纳、克莱芒丝·格德雷、安娜·舒利亚、德尔菲娜·帕内捷、马蒂娜·提贝。

感谢口袋书出版社的编辑们：贝亚特丽斯·杜瓦尔、奥德蕾·贝提、佐伊·涅当斯基、西尔维·纳维鲁、克莱尔·洛克塞鲁瓦、安娜·布伊西、弗洛朗斯·马斯、多米尼克·洛德、威廉·柯尼希、贝内迪克特·博茹昂、安托瓦妮特·布维耶。

感谢各位代理商，为了这本小说的问世奔波劳碌。

感谢各位书商，尽管这两年行业不景气，但各位仍然保持着热爱，执着地担当联系读者和作者的那根纽带。

感谢瓦莱里·雷诺，花费宝贵的时间寻找这样一个美观的封面。

感谢洛林·富歌和瓦莱莉·佩兰，感谢与两位在文学沙龙上的相遇。

感谢各位博主，感谢各位对这本小说的热情宣传。

感谢让-雅克·高德曼准许我引用他的话，这也是对我第一部小说《我余生的第一天》的小小回顾，他在那本书的出版一事中也扮演了一个很重要的角色。

最后诚挚地感谢所有的读者朋友。虽然我不一定见过你们的面容、听过你们的声音，甚至从未通过信，但这仍是我生命中十分美好的相遇。感谢你们，虽未出现，却给予了我这么多的美好。

中外文名对照表

ABBA 阿巴乐队

Adélaïde 阿德莱德

Anaïs 安娜伊丝

Arthur 阿蒂尔

Assa 阿萨

Auguste 奥古斯特

Aveyron 阿韦龙

Bagneux 巴涅

Barbara 芭芭拉

Barbie 芭比

Barry White 贝瑞·怀特

Batignolles 巴蒂诺尔

Bayonne 巴约讷

Beaulieu 博利厄

Bella 贝拉

Benjelloun 本杰隆

Bordeaux Chesnel 波尔多·谢内尔

Boudine 布迪纳

Bree 布里

Brive 布里夫

Bruno Kafka 布鲁诺·卡夫卡

Camila 卡米拉

Caprice 卡普里切

Céline Dion 席琳·迪翁

Charlot 夏洛

Claudine 克洛迪娜

Clément 克莱蒙

Clotilde 克洛蒂尔德

Club Dorothée《多萝西俱乐部》

Condorcet 孔多塞

Cool Runnings《冰上轻驰》

Coralie 科拉莉

Corinne 科琳娜

Courbevoie 库尔贝瓦

Cro-Magnon 克罗马农人

Demi Moore 黛米·摩尔

Desperate Housewives《绝望主妇》

Docteur Maboul《马布尔医生》

Dordogne 多尔多涅

Duval 杜瓦尔

Dylan 迪伦

Ella Fitzgerald 艾拉·费兹杰拉

Emma 埃玛

Enzo 恩佐

Everest 珠穆朗玛峰

Fabre 法布尔

Fermade 费尔马德

Ferrari 法拉利

Florent Pagny 弗洛朗·帕尼

Fred 弗雷德

Gabin Dominique 加潘·多米尼克

Gabrielle 加布丽埃勒

Gaëlle 盖尔

Gambetta 甘贝塔

Gérard 热拉尔

Gilles 吉勒

Grand Corps Malade 高大病体

Hallelujah《哈利路亚》

Hamadi 哈马迪

Il était une fois... la Vie《人体大奇航》

Iris Duhin 伊丽丝·杜安

Jacques Brel 雅克·布雷尔

Jean-Jacques Goldman 让-雅克·高德曼

Jeanne Perrin 让娜·佩兰

Jenny 珍妮

Jérémy 杰雷米

Jones 琼斯

Joni Mitchell 琼尼·米歇尔

Joseph Larmor 约瑟夫·拉莫尔

Julie 朱莉

Kardashian 卡戴珊

kata 套路

kihon 基洪

La Chanson des vieux amants《一对老恋人》

Laëtitia 利蒂希娅

La Rochelle 拉罗谢尔

Laurent 洛朗

Laure 洛尔

Lavoir 拉瓦尔

Le Bon Marché 乐蓬马歇百货公司

Leïla 蕾拉

Leonard Cohen 莱昂纳德·科恩

Léo 雷奥

Leroux 勒鲁

Liron 利龙

Loïc 洛伊克

Louise 路易丝

Louis 路易

Lucas 卢卡

Ludivine 吕蒂维娜

Luis 吕斯

Marie 玛丽

Malboro 万宝路

Malik 马利克

Manon 玛农

Marc 马克

Marianne 玛丽安娜

Marius 马里于斯

Marvin Gaye 马文·盖伊

Maryse 玛丽斯

Mathilde 玛蒂尔德

Maurice 莫里斯

Mayline 梅莉妮

Mélanie 梅拉妮

Mel 梅乐

Merny 梅尔尼

Mia 米娅

Minecraft《我的世界》

Minot 米诺

Mireille Mathieu 米雷耶·马蒂厄

Moïse 莫伊兹

Montmartre 蒙马特高地

Montreuil 蒙特勒伊

Nadia 纳迪娅

Naruto《火影忍者》

Nathalie 娜塔莉

Nico 尼科

Nikos Aliagas 尼科·阿利亚加

Nina Simone 妮娜·西蒙

Noirmoutier 努瓦尔穆捷岛

Pardelle 帕戴尔

Partelle 帕泰尔

Patagonie 巴塔哥尼亚

Paul 保罗

Philippe 菲利普

Pierre Perrin 皮埃尔·佩兰

Pochtronne et Sofa 波趣和沙发

Pouilles 普利亚

Radio Nostalgie 怀旧电台

Ramort 哈莫尔

Richard 里夏尔

Roger 罗歇

Roland 罗兰

Romain Gary 罗曼·加里

Sainte-Catherine 圣凯瑟琳

saint-honoré 圣奥诺雷泡芙

Saint-Jean-de-Luz 圣让德吕兹

Sam 山姆

Savoir aimer《学会去爱》

Schmidt 施密特

Sébastien 塞巴斯蒂安

Seignosse 塞尼奥斯

Shakira 夏奇拉

Simone Mignot 西蒙娜·米尼奥

Sonia 索尼娅

Suzanne 苏珊

The Famous Five《五伙伴历险记》

Théo Rouvier 迪欧·鲁维耶

Timeo 迪梅欧

Tintin《丁丁历险记》

Victor Giuliano 维克多·朱利亚诺

Virgin Megastore 维珍百货

Viviane 薇薇安

Volant 沃朗

Xavier Dupont 泽维尔·杜邦

yam's 快艇骰子

著作权合同登记号：06-2023年第185号

图书在版编目（CIP）数据

合租人颂歌 / (法) 维尔吉妮·格里马尔蒂著；赵可儿译. — 沈阳：万卷出版有限责任公司, 2023.9
 ISBN 978-7-5470-6343-9

Ⅰ.①合… Ⅱ.①维…②赵… Ⅲ.①长篇小说 – 法国 – 现代 Ⅳ.①I565.45

中国国家版本馆CIP数据核字（2023）第147977号

《IL NOUS RESTERA CA》
By Virginie Grimaldi
© Librairie Arthème Fayard, 2022
Current Chinese translation rights arranged through Divas International, Paris
巴黎迪法国际版权代理
(www.divas-books.com)

出版发行：	北方联合出版传媒（集团）股份有限公司
	万卷出版有限责任公司
	（地址：沈阳市和平区十一纬路29号　邮编：110003）
印　刷　者：	北京永顺兴望印刷厂
经　销　者：	全国新华书店
幅面尺寸：	145mm × 210mm
字　　数：	190千字
印　　张：	7.375
出版时间：	2023年9月第1版
印刷时间：	2023年9月第1次印刷
责任编辑：	高　爽
责任校对：	张　莹
装帧设计：	方　絮
ISBN 978-7-5470-6343-9	
定　　价：	42.00元
联系电话：	024-23284090
传　　真：	024-23284448

常年法律顾问：王　伟　　版权所有　　侵权必究　　举报电话：024-23284090
如有印装质量问题，请与印刷厂联系。联系电话：024-25866603